逆·商·培·养·童·话

毕加索叔叔的
水果店

[韩]申荣兰/著　[韩]金成姬/绘　代飞/译

化学工业出版社

·北京·

本书中文简体字版由金英社授权化学工业出版社有限公司独家出版发行。未经许
可，不得以任何方式复制或抄袭本书的任何部分，违者必究。
本版本仅限在中国内地（不包括中国台湾地区和香港、澳门特别行政区）销售，
不得销往中国以外的其他地区。
北京市版权局著作权合同登记号：01-2021-3254

图书在版编目（CIP）数据

逆商培养童话. 毕加索叔叔的水果店 ／（韩）申荣兰
著；（韩）金成姬绘；代飞译. ――北京：化学工业出版社，
2021.10
ISBN 978-7-122-39688-4

Ⅰ．①逆… Ⅱ．①申… ②金… ③代… Ⅲ．①儿童故
事－图画故事－韩国－现代 Ⅳ．①I312.685

中国版本图书馆CIP数据核字(2021)第156609号

出 品 人：李岩松　　　　　责任编辑：笪许燕　　汪元元
版权编辑：金美英　　　　　营销编辑：龚 娟　　郑 芳
责任校对：宋 夏　　　　　 封面设计：刘丽华
版式设计：付卫强

出版发行：化学工业出版社(北京市东城区青年湖南街13号 邮政编码100011)
印　　装：凯德印刷（天津）有限公司
880mm×1230mm 1/32 印张5½ 字数93千字 2022年1月北京第1版第1次印刷

购书咨询：010-64518888　　售后服务：010-64518899
网　　址：http://www.cip.com.cn
凡购买本书，如有缺损质量问题，本社销售中心负责调换。

定　　价：39.80元　　　　　　　　　　版权所有　违者必究

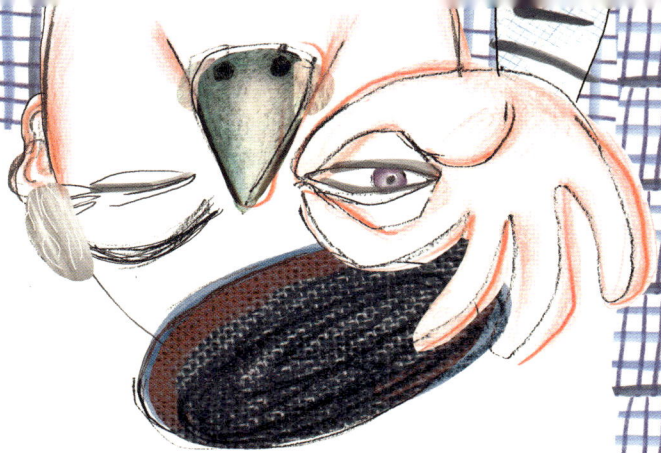

坚持梦想吧！

　　人们一般称那种取得举世瞩目的成绩的伟大人物为大师（巨匠）。巴勃罗·毕加索是当之无愧的现代美术大师。虽然毕加索是活跃在20世纪的画家，然而他的画作至今仍受到全世界人们的喜爱。

　　毕加索出生在西班牙，小学时是班上读写最不好的孩子。据说由于读写太差，他的成绩糟糕得连毕业都有困难。长大后，在法国巴黎留学的时候，毕加索过着悲惨的生活，在世界各国艺术家云集的繁华之都巴黎，没有饿死就已经是万幸了。而且毕加索很长时间都不会说法语。这样的人是如何成为世界顶级的画家的呢？

秘诀就在于"梦想"。从小就喜欢画画的毕加索，无论在多么艰难的处境中都没有放弃成为画家的梦想。他不顾一切，想要成为最棒的画家。

无论是难过的时候，孤独的时候，还是悲伤或者害怕的时候，毕加索都用绘画来表达自己的感受。巴黎后巷的悲惨景象成了他的绘画素材。据说正是这些画，让巴勃罗·毕加索的名字在全世界广为人知。

大家的梦想是什么呢？如果不能立刻给出答案也没关系。请仔细地想一想：我喜欢什么？做什么能做得更好？梦想是自己发现的。请找到自己喜欢并愿意为之奋斗的事情。也许大家未来也能成为某一领域的大师呢。

申荣兰

目录

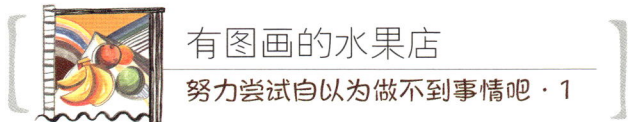
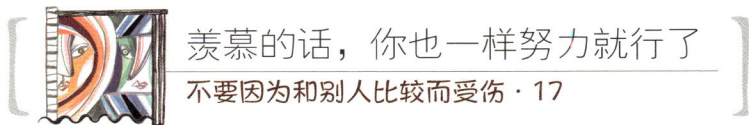
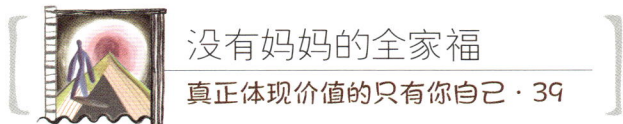
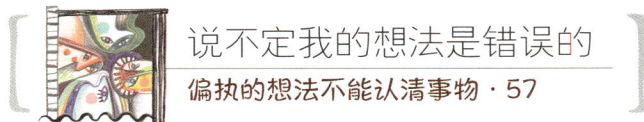

"美卢，你不喜欢这件衣服吗？"

妈妈不断询问美卢。美卢一言不发地摇了摇头。今天是三姐妹每个月和妈妈见面的日子。妈妈和姐姐们只要一来到百货商场，就会花很多时间挑选衣服。美卢对买衣服一点兴趣都没有，因此非常不满。

"妈妈，我们再去三楼看看吧。"

三楼是休闲服卖场。六年级的多卢姐姐只要一进百货商场就想买买买。

"去吗？"

妈妈用眼神示意美卢也跟着来，多卢姐姐赶紧拉起美卢的手上了去往三楼的自动扶梯。

"你怎么了？"

世卢姐姐回头瞟了美卢一眼，意思是不要破坏气氛。世卢姐姐上初中一年级，性格有点挑剔。

"烦死了。"

美卢嘟嘟囔囔地跟在后面。

"美卢，过来。"

妈妈冲她招招手。

"姐姐们正在里面挑选裤子。你有没有什么需

要的？"

"没有。"

美卢一屁股坐在卖场休息区的椅子上。

"妈妈想给你买条裤子，你试试这条？"

美卢抬头看了一眼妈妈拿来的裤子，摇了摇头。

对于每天忙着工作的妈妈来说，她唯一的快乐就是把努力工作赚的钱花在女儿们身上。

然而美卢讨厌把宝贵的时间花在逛街这样无聊的事情上，她只盼望能在这宝贵的一天里和妈妈一起聊聊天。

爸爸让三姐妹最晚七点前要回到家。不知不觉就已经过了五点。在吃饭和购物的时候，姐妹们一直不停地吵吵闹闹，美卢也没机会和妈妈说说自己的事。

下周学校要开亲子运动会。那天四年级的孩子要和妈妈一起进行"二人三足"的比赛。妈妈能来吗？美卢一直在寻找说话的机会。

　　"妈，下周四你忙吗？"

　　在电车站前，美卢小心翼翼地开了口。

　　"周四？当然忙啦。怎么了？"

　　美卢顿时感到语塞。她很失望。妈妈应该说"不怎么忙，怎么了？"，或者"现在还不知道，那天有什么事吗？"但是妈妈的回应是她没想到的，美卢感到慌乱。

　　"美卢，你怎么了？"

　　"没什么，就那样吧。"

　　"就那样是哪样？"

　　"我说了就那样了！"

　　美卢不耐烦地向不理解她的心思的妈妈大叫起来。

　　"你这是什么态度？"

　　"是不是因为运动会的事？妈妈不是说了她忙嘛。"

姐姐们对美卢都有点不满。

"妈妈不知道，对不起。"

这时才搞清楚状况的妈妈有点不知所措。

"消消气，美卢，嗯？下次妈妈一定去参加。"

美卢猛地甩开妈妈的手，上了电车。妈妈的叹气声，让美卢的心感到很疼。

"你干什么呀？"

"你这样太让妈妈伤心了。"

美卢在离姐姐们稍远的地方坐下，向后看去。车开动了，站台上妈妈的身影很快就不见了。

"还不如不说呢。"

美卢深深地叹了一口气。

"老师说爸爸参加也可以。"

周一早上，美卢鼓起勇气，向爸爸说了运动会的事。爸爸却一点反应都没有，穿上鞋就打开了家门。

大门咣的一声关上了，那一瞬间，美卢恨不得找个老鼠洞钻进去。

"美卢呀，那点事儿有什么好发愁的，谁都不去的话你自己跑不就行了。"

奶奶毫不在意地说。美卢差点儿哭了出来。

奶奶从美卢上幼儿园开始，就代替妈妈参加孩子们所有的活动。小时候美卢以为那是理所当然的。但不知道从什么时候开始，混在年轻妈妈中间的奶奶的苍苍白发有些刺眼了。

"我又不是没妈妈。"

一想到可能要拉着奶奶的手跑步，美卢就觉得眼前一片漆黑。

"要不周四索性就不去学校了。"

她想起奶奶每年过生日的时候都和朋友们出去

旅行，还说：

"待在家里干什么，等着大家都来为我过生日？太麻烦了。"

奶奶说是不想给家人增加负担，所以去旅行，但是姑姑说，其实奶奶不是那样想的。

"老人家是不想让亲友们看到儿子打光棍的样子呀。"

奶奶为了面子，每年都心不在焉地去旅行。此刻美卢的心情完全一样。运动会那天要是和奶奶一起跑步，一定会成为大家的笑话，不如干脆缺席算了。

放学后，美卢在家附近遇到骑着小摩托车去送货的洗衣店大婶。

"你家里一个人都没有，你奶奶去哪儿了啊？"

"奶奶说她今天去参加老年大学的郊游会。"

"洗好的衣服就放在前面那一家了，你去找吧。"

"好的。"

洗衣店大婶随着轰隆隆的摩托车声远去了。大婶带着幼儿园的儿子两个人生活。听便利店的大叔说，洗衣店大婶为了不让孩子被丈夫抢走，甚至闹上了法庭。

听说这件事的那天晚上，美卢梦见妈妈和爸爸拉着自己的胳膊打了起来。

"美卢是我女儿，我来抚养她！"

"别胡说八道，美卢是我女儿！"

醒来的时候美卢的心情很差。在她的记忆中，妈妈和爸爸争吵着要带她走的情景，至今仍历历在目。

"这算什么呀，就算梦是和现实相反的，这也太过分了吧。"

美卢心情郁闷，无力地迈着步子。回到家也没有欢迎的人。也没有特别想去的地方。

"冬冬！"

美卢在新开的水果店门前停下了脚步。

一只披着粉红色斗篷的马尔济斯犬，正在商店的玻璃门里呆呆地看着美卢。这只小狗长得很像美卢去年夏天丢失的小狗冬冬。

"冬冬！"

美卢抱着侥幸的心理，向里面张望。

"你认识它吗？"

一直盯着电脑看的叔叔抬头望着美卢。不知什么时候小狗已经跳到叔叔的膝盖上坐着了。美卢无精打采地摇摇头。

"坐下吧。我以为是从前养过它的主人来了。"

叔叔指了指沙发。美卢犹犹豫豫地坐了下来。

只见叔叔光秃秃的额头，一团团银色的卷发，硕大的蒜头鼻子，看上去像外国人。

"你叫什么名字？"

叔叔问道。

"我叫宋美卢。"

"名字真不错啊。你住这个小区吗？"

"是。"

美卢恭恭敬敬地回答着叔叔的问题，眼

睛却一刻也没离开小狗。越看越像冬冬。

"想不想抱抱它？"

"可以吗？"

"当然，它的名字叫乖宝。"

美卢小心地靠近，叔叔把小狗交给了她。小狗一开始不太愿意，挣扎了一下，美卢轻轻抚摸着它的脑袋，它就乖乖地待在美卢的怀里了。

"为什么叫它乖宝？"

"嗯，意思是乖乖懂事的宝贝。"

叔叔说乖宝和原来的主人分开了，到了新家，新主人又有事，就暂时寄养在这里。

"要是我也不收留它的话，乖宝就只能被抛弃了。说实话我没养过狗，刚开始真不想收留它。但是看到小家伙那惊恐的眼神，怎么着也不忍心丢下它不管，所以决定试一试。"

叔叔笑着说。

"我的生活信条就是：总是要尝试一下自己以为做不到的事情，说不定最后会成功的。可是这个小家伙老是换主人，不知道是不是气馁了，总是没精打采的。"

不知道冬冬是不是也在哪里这样畏畏缩缩地生活着，美卢想到这里，不由得心里一疼，紧紧抱住了乖宝。

"我可以和乖宝玩一会儿吗？"

"好的，乖宝整天自己玩也很无聊。"

叔叔端出盛着胡萝卜的碟子。

"这是乖宝喜欢的零食。"

美卢把乖宝放到沙发上，用手掰了一块胡萝卜给它。乖宝津津有味地啃起了胡萝卜。它微微歪着脑袋，嚼着胡萝卜的样子可爱极了，显得很幸福。美卢觉得乖宝就像是自己的老朋友似的。

"你想乖宝的话，可以随时来玩。"

过了好一会儿，叔叔看了看美卢，又看了看乖宝，亲切地说道。听到这句话，美卢的表情一下子开心起来。已经到了该回家的时间了，但是她舍不得和乖宝分开，迈不开脚步。

"可以这样吗？"

"你看，乖宝也很喜欢你不是吗？"

水果

苹果

梨

叔叔笑着望向乖宝。乖宝似乎和美卢玩出了感情，美卢一站起来，它就跳到地板上，不停地摇着尾巴。

美卢抚摸着乖宝，开心地和它告别。

"乖宝啊，我明天再来！"

出门前美卢仔细一瞧，才发现这里不是普通的水果店。收银台后面有个房间，门上写着"工作室"，里面有很大的空间，墙壁上挂满了画。店名也特别，叫"毕加索水果店"。

"乖宝在哪里睡觉呢？"

"店里的事情忙完了，和我一起回家睡。"叔叔指了指工作室后面的门，"怎么了？"

"没什么。"

"这小家伙太黏我了，它不肯自己睡，一定要在我脚底下睡。"

听了叔叔的话，美卢这才觉得安心。心想乖宝好幸福，不像冬冬，每天晚上都要被赶到阳台去。

"叔叔，再见！"

美卢带着雀跃的心情从水果店出来。

"明天我得给乖宝带根胡萝卜！"

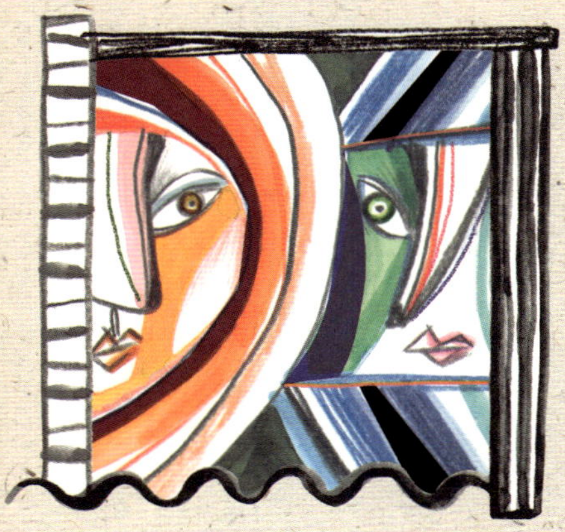

羡慕的话，你也一样努力就行了

不要因为和别人比较而受伤

"美卢，去买点儿豆腐。"

"美卢，爸爸的房间打扫了吗？"

"美卢，洗衣机里的衣服洗好了，你去晾一晾。"

星期天一大早，奶奶就不停地招呼美卢。

"别人听了还以为家里只有我一个孩子呢。"

美卢嘟嘟囔囔地来到阳台。

"大酱已经吃完了，你待会去买点儿。"

衣服还没晾完，新指令又来了。

"奶奶为什么就使唤我一个人？"

"你大姐不是在学习嘛。"

奶奶只要看到世卢姐姐坐在电脑前，就认为她在学习。正戴着耳机听音乐的世卢姐姐猛地回过头来。大姐平常的性格很安静，但是发脾气的时候就变得很吓人。要是招惹了她，说不定会遭什么殃。

"多卢姐姐在看漫画书呀！"

"她不是有点儿感冒嘛。"

奶奶把5000块（约合人民币30元）钱塞到美卢手里，又在她后背上推了一把。

多卢姐姐只要皱一下眉头，表示自己不舒服，就是有点儿"感冒"，于是就必须歇着。美卢觉得这太可疑了。

如果就拿皱

眉头来衡量一个人是否生病，那美卢可以算是天天在感冒了。

但是奶奶无论刮风下雨都照样只使唤美卢。美卢忍气吞声地从市场回来。

"美卢，来尝尝这个拌菜。"

奶奶拌了萝卜。美卢把大酱放在餐桌上，接过奶奶夹来的拌菜吃了。

"不咸吧？"

"嗯，不咸。"

美卢点了点头，奶奶这才放心了。不知道从什么时候开始，奶奶做的饭菜越来越咸。大姑妈说是因为奶奶上了年纪，感觉不到咸味了。

"所以要好好对待奶奶，知道吗？不要光等着老人把饭做好给你吃，记得帮忙干点活儿。"

这是大姑妈每次来家里都会念叨的话。看到连食物的咸淡都没法把握，还在为家人做饭操劳的奶奶，美卢也觉得很难过。所以一般情况下，帮奶奶跑腿美卢二话不说，但是像今天这样，她明显感觉到奶奶偏爱二姐，心里就觉得特别别扭。

"要不要给你煎个蛋？"

看到多卢姐姐胡乱扒拉着碗里的饭粒，没吃几口，奶奶担心地问她。要是别人那样的话，肯定会被指责为什么不好好吃饭，只有多卢姐例外。

"中午别做饭了。"

爸爸看着奶奶说。

"干吗要出去乱花钱？想吃什么就买菜回来，在家里做。"

"老爸，我想喝海鲜汤。"

"那好吧。"

提到出去吃饭就摆手的奶奶，只要多卢姐姐一高兴就马上改了口。

海鲜汤是多卢姐姐最喜欢的食物。美卢虽然想建议去别的地方，也只能一声不吭。因为她知道反正是多卢姐姐说了算，她说什么都没用。

"我吃好了。"

世卢姐姐跟着爸爸走出厨房，多卢姐姐也悄悄起身。

"二姐，你去哪儿？不是轮到你刷碗了吗？"

美卢一下子从座位上站起来，叫住了多卢姐姐。

"世卢姐姐昨天不是没刷吗？"

多卢姐姐瞟了一眼大姐的房间，像是在追问。

"那你去让她来刷碗。我昨天已经刷了。"

美卢知道多卢姐姐心虚，所以才这样说。

"啊，我头疼，怎么办？"

"看着办。"

多卢姐姐瞪着美卢，皱起眉头，磨磨蹭蹭地把餐桌上的碗盘收了起来。

昨晚是美卢刷的碗。因为轮到刷碗的世卢姐姐，直到大家都吃完了饭也没回来。那么今天早上的碗本来应该她来刷，但是每当这个时候，世卢姐姐就硬说过期无效。

得罪了大姐可没有好结果。多卢姐姐也知道这一点，所以只能哭丧着脸。

"这孩子，身体不舒服还刷什么碗：快进屋休息。"

最后还是奶奶出面解决了。每当这个时候，就好像是游戏结束了。

“凡事还得靠自己！”

美卢在奶奶挽起袖子之前，瞥了一眼多卢姐姐。

“知道了，我来刷，把空碗拿过来，保鲜盒放到冰箱里。”

“谢啦，美卢！”

美卢一戴上洗碗手套，多卢姐姐就像个傻瓜似的嘿嘿笑着，整理起餐桌来。

“二姐呢？”

爸爸看着美卢问道。其他人都下楼到了停车场，要一起出去吃午饭。

"多卢姐姐真烦人。"

"又怎么了？"

奶奶问道。

"还在那儿换衣服呢。"

多卢姐姐已经在镜子前面站了一个多小时了，一会儿穿裙子，一会儿换裤子，把衣柜翻了个底朝天。

"还以为自己是模特呢。"

"女孩子也该懂得打扮自己。"

奶奶帮多卢姐姐说了一句。

"小不点儿懂什么。"

"看样子是像她爹。"

爸爸只是微微一笑，没有接奶奶的话茬。

"了不起的大明星来了。"

看到多卢姐姐气喘吁吁跑过来的样子，世卢姐姐觉得好笑，冒出一句话。美卢向后座中间挪了挪身子。驾驶座后面是大姐的位置，爸爸旁边副驾驶的座位常常被二姐占据。

"老爸，导航设哪儿呢？"

"之前不是设好了吗。"

"好耶！"

多卢姐姐手舞足蹈，和吃早饭的时候判若两人。看她那副样子，美卢讨厌极了，恨不得对着她的后脑勺来一拳。

在餐厅，多卢姐姐坐在爸爸和奶奶中间。

"老爸，你是不是喜欢吃虾？"

多卢姐姐夹起奶奶省下自己那份给她的虾，好像发善心似的看着爸爸。

"你自己多吃点儿，不要生病。"

虽然爸爸推辞了，表情却很欣慰。

"奶奶也多吃点儿哈！"

多卢姐姐向奶奶也露出了撒娇的微笑。

"真是看不下去了！"

美卢看到多卢姐姐把剥好的虾送到爸爸嘴里的样子，觉得自己吃不下去了。

看到绷着脸的爸爸用似笑非笑的表情接过虾吃的时候，美卢真是看不下去了。稍后她又看到爸爸充满宠爱地悄悄往多卢姐姐的盘子里放了只大螃蟹。

"爸爸跟我们都不怎么讲话，只喜欢多卢姐姐。

老爸太过分了！"

　　美卢拿着筷子，心里觉得不是滋味，转过头刚好和世卢姐姐四目相对。世卢姐姐也许是看到那个情形也不开心，马上垂下了眼睛。

　　"大姐，我昨天看到一只和冬冬很像的小狗。"

　　"真的吗？"

一提到冬冬的名字，多卢姐姐的眼睛瞪得老大。

"你真的看到冬冬了吗？"

美卢心里很烦，不太想搭理多卢姐姐。

"不是。"

"那是什么？"

多卢姐姐又问道。

"没听清楚别人说什么吗？总是乱插话！"

美卢发了脾气，多卢姐姐一脸惊惶。

"我说看到一只和冬冬很像的狗！"

"你突然发什么神经呀？"

"又没和你讲话！"

美卢越来越控制不住火气，向姐姐说了粗话。大家都惊讶地看着美卢。

"你怎么对姐姐说话的？"

爸爸冷冰冰地说。美卢低着头用筷子挖蟹壳里的肉。多卢姐姐能一下子挖出许多蟹肉吃，为什么我就不行呢？

"不吃了！"

"啊，烫死了！"

美卢放弃了蟹肉，夹了段沙参，可是刚进嘴就发出一声惨叫。咬开沙参的瞬间，滚烫的汁水在嘴里溅开。嗓子眼里像着了火。

"快喝点水！"

爸爸连忙倒了杯水递给她。美卢喝了一口水，刚好碰到爸爸的目光，立刻转向别处。今天不知道为什么，她特别气爸爸。美卢很小的时候，就是二姐常常占据爸爸的膝盖。美卢好像从来没有被爸爸温暖地拥抱过。

"别人家老幺都是最受宠爱的，为什么我却不是？"

有时候美卢甚至会想：是不是三神婆婆（韩国神话里孩子的守护神）搞错了，给她找错了爸爸妈妈。

据说三神婆婆只把孩子给那些特别喜欢孩子的父母。但是爸爸妈妈好像并不怎么欢迎第三个女儿来到这个世界。

"美卢要是个男孩子的话，说不定哥哥就不会离婚了……"

美卢突然想起姑姑曾说过的话，那是她偶然间听到的，从此，那句话像一块沉重的大石头压在美卢的心头。

"要是我是男孩的话，爸爸妈妈真的就不会离婚了吗？"

如果姑姑的话是真的，爸爸妈妈就实在太过分了。谁能选择自己的性别呢？突然间涌上来的委屈，让美卢连饭都咽不下去了。

"那点虾算什么！"

美卢低着头想舀汤喝，眼泪却总是在眼睛里打转。她咬着嘴唇，放下了勺子。

"美卢，你怎么不吃了？"爸爸问道。

美卢朝着爸爸望过去，才发现大家几乎都吃完了。

她赶紧拿起筷子，胡乱吃了几口，也不知道饭是进了鼻子还是进了嘴里。

"老爸，等下你把我放在培训学校前面吧。"

从餐厅出来，世卢姐姐说道。瞬间，美卢想起了毕加索叔叔的水果店。

"我要去趟文具店。"

借口要买东西，美卢也跟着世卢姐姐下了车。

"呀，胡萝卜！"

刚走了几步，她就想起要给乖宝带胡萝卜的事。美卢左顾右盼，犹豫着不知道该怎么办才好。

"你要去哪儿？"

一辆自行车停在了美卢面前。

"呃？"

毕加索叔叔回头微笑着。

"你叫美卢对吧？"

"是。您好！"

叔叔记住了美卢的名字。美卢开心地打了招呼，朝自行车后面望去。

"乖宝呢？"

自行车行李架上的宠物狗篮子空着。叔叔说他刚把乖宝送去宠物店了。

"乖宝的毛太长了，我想给它收拾得漂亮一点。你这是上哪儿去呢？"

"哦——叔叔您去哪儿？"

叔叔说他打算去湖水公园骑自行车，等乖宝做完美容后去接它。

"我不会骑车。"

美卢打量着叔叔的自行车，小声嘟囔着。

"是吗？那么叔叔教你怎么样？"

"真的吗？"

美卢立刻喜笑颜开。每次看到小伙伴们骑车的样子，心里不知道有多羡慕。她求了爸爸好几次，请他教自己骑车，可爸爸始终那么忙。

因为是星期天，湖水公园里人很多。美卢和毕加索叔叔一起去租车的地方，租了一辆自行车。

"叔叔会抓紧你，不要担心，往前看。"

叔叔说如果害怕，是绝对学不会骑车的。

"不用羡慕那些骑得好的孩子，你也行。走吧，我们试一试！"

美卢鼓起勇气，小心翼翼地踩着脚踏板。

一想到叔叔在后面稳着，美卢心里就踏实多了。

一开始美卢骑得歪歪扭扭、摇摇晃晃的，自行车每动一动，身体就如同悬在空中一般，虽然有点晕，但能感觉到轮子在转动，美卢努力保持身体的重心。踩脚踏板的脚法还不熟练，自行车歪歪扭扭地往前移动着。越是这样，美卢踩得越卖力。不知道从什么时候开始，身体开始变得轻快，自行车也开始飞快向前。

"就这样，干得好。美卢，继续骑！"

毕加索叔叔给美卢加油打气。但是叔叔的声音听起来有点远了。

"叔叔不是在后面抓着的吗？"

美卢觉得奇怪，就向后望去。

叔叔竟然已经撒了手，离得很远了，而美卢此刻正自己骑在自行车上呢。

美卢觉得不可思议，顿时停了下来。

"尝试了之后，没有想象中那么难吧？"

毕加索叔叔推着自行车走到美卢旁边。

"是的，我没想到骑自行车这么容易。"

"那么再骑一会儿好不好？"

毕加索叔叔再次骑上自行车，向美卢竖起大拇指。美卢自信地踩着踏板，令人不敢相信她今天是第一次骑自行车。美卢自己也觉得很神奇。全身感受着五月的清风，原本心里堵得要命，现在一下子通透了。

就这样，不知不觉一个小时就过去了。美卢还了自行车，坐在湖边的长椅上和毕加索叔叔喝着饮料。

"刚才你看起来心情不好，现在好点儿了吗？"

叔叔用安静的目光注视着美卢，美卢默不作声地摸着饮料罐。

"不想说就不说，叔叔告诉你个秘密吧。"

毕加索叔叔沉默了一会儿，开了口。

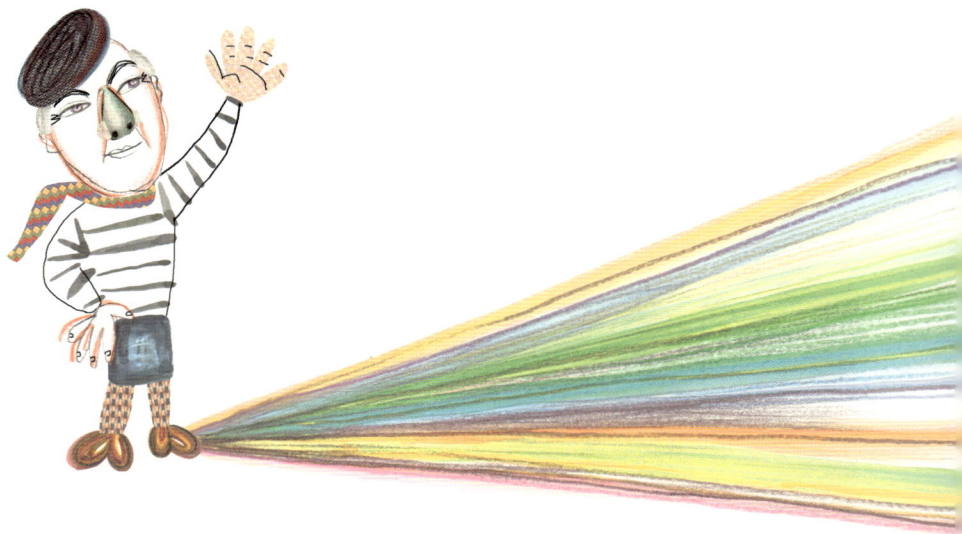

"事实上，我来这里之前，是个举世闻名的画家。"

"啊？"

美卢的眼睛瞪得大大的。水果店里有绘画工具，虽然有些特别，但是要说叔叔是画家，那还真是有些难以置信。

"你听说过巴勃罗·毕加索的名字吗？"

"好像在哪里听过。"

毕加索叔叔看到美卢歪着头，笑眯眯地接着说。

"我就是巴勃罗·毕加索。据说世界上很多著名的博物馆或美术馆都收藏着我的画。纽约、巴黎、巴塞罗那也有以我的名字命名的美术馆。"

"啊，怪不得您的店名也叫毕加索水果店。"

美卢的眼睛睁得更大了，沉浸在叔叔的故事里。

"我出生在西班牙的一个小村庄，从小就非常喜欢画画。但是家里太穷了，常常买不起颜料。有一年冬天，家里连买木柴取暖的钱都没有了。"

叔叔喝了一口饮料，接着往下说。

"我那时的生活太悲惨了，不得不把像生命一样珍贵的油画布烧了取暖。不过，我周围有很多比我更早成功的画家朋友。日后我之所以能够成功，也是因为他们。"

"朋友们给您生活费了吗？"

美卢心想，这样的友情真是棒极了。

"并不是那样的。"

叔叔笑着摇了摇头。

"我之所以能成功，是因为从朋友们的画中发现了他们独有的优点。然后我研究并分析那些优点，用我自己的方式融入绘画中。我并不是无条件地模仿别人，而是通过观察别人的长处获得灵感。"

毕加索叔叔突然像是想起了什么似的看着美卢：

"你记得少女怀抱鸽子的那幅画吗？"

美卢马上想起了毕加索叔叔说的那幅画。那幅画以蓝色墙壁为背景，画中有一位身穿白衣抱着鸽子的少女。叔叔补充说，那幅画是他在最艰难的时期创作的作品之一。

"叔叔跟你说这些，就是希望你不要因为跟别人比较而受伤。羡慕别人的话，你也一样努力就行了。

那么你也可以做到。不，说不定会更优秀。"

真神奇，叔叔就好像看穿了美卢在为什么伤心似的，说到了她的心坎里。这时，叔叔的手机响了。是宠物店的电话，让他把乖宝领回去。

"时间过去这么久了？"

叔叔看了一下表，站起身准备推自行车。

"叔叔再见！"

美卢在湖水公园门口和叔叔告别，朝家的方向走去。没见到乖宝有点遗憾，但是英语时间快到了。

"作业太多了！"

晚上美卢坐在书桌前，看着哈欠连天的多卢姐姐，陷入沉思。今天心情郁闷，都是因为觉得奶奶和爸爸对多卢姐姐偏心。

"羡慕的话，你也一样努力就行了。"

那一刻，毕加索叔叔的话像回声一样在心中回荡。现在想想，一向开朗活泼、爱撒娇的多卢姐姐的性格真的很好。奶奶和爸爸惟独对多卢姐姐疼爱有加也是因为她的性格。

"老爸，您去哪儿了？"

"吓我一跳！"

假装写作业而陷入沉思的美卢，被多卢姐姐的喊声惊得瞪大了眼睛。多卢姐姐怎么知道爸爸进来了！刚刚还在打瞌睡的她，这会儿竟像子弹一样飞了出去，真是令人佩服。

"难怪爸爸那么喜欢多卢姐姐啊。"

一个想法掠过了美卢的脑海。

"我也试试那样做？"

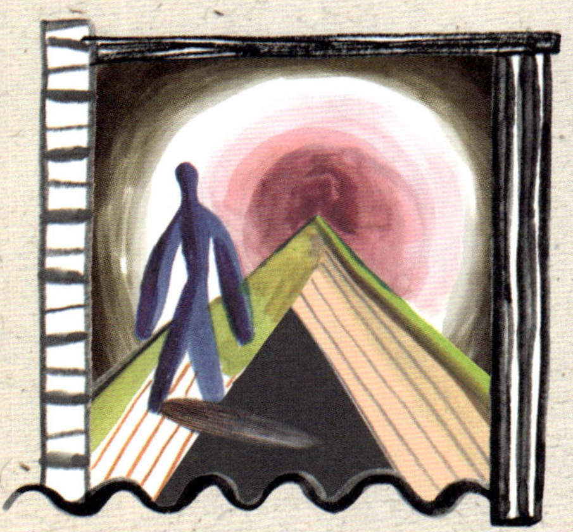

没有妈妈的全家福
真正体现价值的只有你自己

"不知道有多久没来过学校了。"

运动会那天，奶奶让小姑姑领着我们来到学校。

一进校门就长吁短叹感慨万千的小姑姑，在人群中特别显眼。

"只要快点儿跑就能赢吗？"

姑姑环视着操场，觉得有些可笑似的，一脸轻松的笑容。

"我们今天一定要得第一！"

姑姑向美卢伸出了手。

"看上去像宋美卢妈妈。"

从后面传来班上孩子们叽叽喳喳的议论声。模特出身的小姑姑三年前结了婚，她的身材依然很好，漂亮又时尚。今天，她来学校和美卢一起参加赛跑。姑姑穿着白色运动装和运动鞋，长长的卷发随意地绑在脑后，一进校园就吸引了孩子们的目光。和姑姑走在一起，美卢好像也跟着成了明星似的，心情好极了。

说实话，即使是妈妈来了，也未必有姑姑这么闪闪发光。

赛跑是在午餐时间结束后进行。

"美卢，多吃点儿，待会跑起来要使劲的！"

看来姑姑为今天做了特别准备，带来一大包便当。

"哇，天哪！"

多卢姐姐高兴得嘴都合不上了。花花绿绿的饭团、烤串、沙拉，再加上亲手做的点心，用漂亮的花瓣镶边的便当，看着都让人着迷。

"年轻就是好啊，做个便当都这么与众不同！"

奶奶也感叹都不知道从哪里下筷子才好了。

美卢觉得应该让大家看一看。她环视了一下周围，见班里的同学也都各自找位置坐下，忙着和家人吃便当呢。

"姑姑，比赛结束了一起去我们家吧！"

吃完午饭，多卢姐姐准备回自己班级，向姑姑提议道。

"不行啊。你姑父今晚出差回来，我得回家准备晚饭。"

姑姑边系鞋带边说，是奶奶打电话托了她好几

次，她才抽出时间来的。

"二人三足赛跑组集合！"

裁判的哨声响起来了。

"等着瞧！我们一定会赢！"

美卢和姑姑走到白队，张开肩膀。其他的不知道，要说跑步她还是有信心的。

"蓝队选手上前面来！"

"白队选手上前面来！"

按照裁判的指令，两人一组的蓝队和白队队员站到起跑线上。

"二人三足是两队之间的对决，跑得快的那队将获得丰厚的奖品，请一定坚持到最后。明白吗？"

"是！"

"准备！"

"哔哔！"

随着有力的哨声响起，两队的第一组队员向前跑去。第七组的美卢和姑姑用绳子把相邻的两只脚捆在一起，等待接力。

"蓝队必胜！"

"白队棒棒的！"

"哇！"

操场的气氛在孩子们的呐喊声中沸腾了。蓝队第七组来到了起跑线上。美卢扫视了一下小青和她身旁的位置，小青妈妈一看就身子笨重，好像很难跑得快。

美卢暗暗高兴，用充满自信的目光看着姑姑。到目前为止，白队还领先于蓝队。每队参加比赛的小组共有十个，白队获胜十拿九稳，而美卢瞄准的是全体第一名。

不久，白队第六组击败蓝队归来，高呼万岁。

"美卢，出发！"

姑姑紧紧握着美卢的手。美卢一只手搂住姑姑的腰，全力向前跑去。可是不知怎么回事，两人还没跑几步，就摔了个四仰八叉。

"我的妈呀！"

"哈哈哈！"

姑姑发出尖叫的同时，孩子们的笑声此起彼伏。

"姑姑你没事吧？"

"我没事，你怎么突然跑那么快？"

姑姑一边拍着屁股，一边埋怨地看着美卢。美卢来不及多想，就把姑姑扶了起来，接着向前冲。不知什么时候，小青已经高高地挥着手，绕着返回点往回跑了。

"美卢，慢点儿。"

姑姑可能是害怕再次摔倒，身体不停地紧缩。身后似乎传来了孩子们的嘘声。美卢渐渐涨红了脸。一心想跑得快一点儿，可是姑姑不配合。结果，不但没得第一，反而在孩子们面前丢尽了脸。

"我们几乎都赢了，就因为你们输了。"

美卢在白队队友们的怒目注视下，朝水池边走去。

"小学时我也是田径运动员，今天这是什么情况？"

姑姑一面洗手，一面偷偷观察美卢的表情。

"运动鞋太挤脚了？还是中午吃得太饱？"

不管姑姑在旁边说什么，美卢都一言不发，只顾洗手。

"姑姑真的很抱歉，消消气儿，美卢。"

姑姑一边说着一边塞给她一些零用钱。

"等下和小伙伴们去吃汉堡吧。"

"不用了。"

"什么不用了！"

美卢推辞，姑姑
却坚决要给。美卢

没办法，只好把钱揣进口袋里。看到姑姑这样做，美卢心里面也觉得过意不去。

事实上，比赛的时候摔倒也不是姑姑一个人的错。二人三足比赛中，自己一心想赢，没有适当控制速度，所以才会摔跤，这一点美卢也很清楚。

"反正已经结束了，就别再想这些不开心的事了。"

姑姑搂着她的肩膀说"快忘掉吧"。越那样说美卢越觉得难受。在同学们面前那么丢脸，怎么能说忘就忘呢。

"该回家了。都这么忙，哪有姑姑来助阵的！"

奶奶拿着毛巾来到水池边。

奶奶安慰她俩说又不是非赢不可。话虽这么说，

但今天的结果可不是美卢想要的。她想的是和漂亮干练的姑姑一起，组成梦幻的两人三足组合，在同学们面前帅气一把，成为赛场上的主角。

美卢漫不经心地拧着水龙头。这时班上的同学也来到水池边。

"你妈妈多大年龄？"

允智瞟了一眼姑姑，问美卢。小青也紧紧挨在旁边。美卢一时间回答不出来，所以假装没听见，把头转向了一边。

"不是你妈妈吗？"

允智不知道为什么这么好奇，就是穷追不舍。美卢心虚得好像犯了什么错似的。充满好奇心的孩

子们把目光都转向了美卢。

"让开，我忙着呢。"

虽然很想补一句"和你有什么关系"，但是美卢还是没有说出口，一脸不快地离开了。

"她怎么那样啊？"

"奇怪。"

后面传来同学们的窃窃私语。美卢神经质地甩掉手上的水。但这对，奶奶的声音在安静的水池边响起了。

"唉，当妈的在这样的日子连个面儿都不露，看看孩子多受气。"

美卢不禁回头朝后看去。允智和小青交头接耳悄声说着什么。

"这下大家都知道了！"

美卢慌乱地转过头，咬住了嘴唇。

毕加索叔叔的水果店旁边是照相馆。美卢呆呆地看着照相馆橱窗里展示的照片。这是一张以爷爷奶奶为中心，全家人围站在一起的全家福。

"怎么样？是不是有点歪？"

照相馆老板歪着头问。

"是。"

美卢的眼睛紧紧盯着照片，心不在焉地答道。抓住美卢视线的，是照片中妈妈怀里的孩子。她突然回想起和奶奶一起参加过的百日宴。那挣扎着一刻都不想离开妈妈怀抱的婴儿的模样，和照片里的孩子重叠了。

"奶奶，我小时候也很爱哭吗？"

那天，美卢向奶奶问起自己小时候是什么样的。

"你很乖，小时候都不怎么哭。"

奶奶说着，似乎在躲闪着美卢的目光。小孩子饿了会哭，尿尿了也会哭，那和乖不乖有什么关系。美卢觉得奶奶是在安慰自己，心里挺不是滋味儿。

"能稍微让开一些吗？"

照相馆老板拿着两个相框出来了。一个是穿着韩服的小男孩的周岁照片，另一个是那个孩子和穿着同样颜色韩服的父母的合影。美卢的周岁照片上就没有妈妈。

"看我拍的写真，真是艺术品啊！"

照相馆老板双手叉在腰上，得意地看着照片。美卢没有理睬，调转了脚步。美卢的家庭相册里连一张爸爸妈妈的合影都没有。有妈妈的照片里就没有爸爸，爸爸出现的话就没有妈妈。连奶奶七十大寿时拍的全家福也没有妈妈。

"妈妈都不在的合影算什么全家福！"

顿时，各种委屈涌上心头。

"美卢来啦？运动会结束了？"

正当眼泪要掉下来的那一刹那，毕加索叔叔推开水果店的门，出来了。

"想到你或许会来，所以我正等着你呢。"

"等我吗？"

美卢这才回过神来。这次又没给乖宝带胡萝卜。

"乖宝以前的主人来了，带它去湖水公园了。"

见美卢在店里东张西望，毕加索叔叔亲切地告诉她。

"那乖宝以后就不住这里了吗？"

"不是，它的前主人在附近办事，暂时带它出去玩一玩。"

毕加索叔叔让美卢安心，并指了指沙发。

"我更想知道你的故事哦。"

美卢在沙发上坐下，叔叔也拿来了椅子。叔叔知道今天美卢的妈妈不会去学校，因此担心美卢会不会伤心。美卢告诉他小姑姑代替妈妈去了学校。

"那你的表情怎么还这么忧郁呢？"

叔叔直直地盯着美卢。美卢犹豫了一下，把学校里发生的事一股脑儿都说了出来。

"美卢呀，你是不是和朋友们合不来？"

毕加索叔叔真诚地问。

"也不是这样的。"

美卢坦白地说，事实上她是怕朋友们知道她和妈妈分开生活的秘密，因此才故意躲开的。

"听好了，美卢。和妈妈分开生活并不是你的错。"

毕加索叔叔说道。

"你也希望父母生活在一起对吗？"

"是的。"

"爸爸妈妈分开不是你的错。"

"那同学们要是因为爸爸妈妈离婚而瞧不起我怎么办？"

"那么你也别瞧得起那些朋友们！"

叔叔一吐为快。美卢心里感到轻松了些。过了一会儿，一位大婶进了店里。叔叔接待客人的工夫，美卢留心观察起之前就一直好奇的一幅画。

画中的女人们几乎都没有穿衣服。有两个人戴着面具；其中有一个人分不清是女人还是男人，甚至分不清是人还是怪物。

"这幅画的名字是什么？"

等客人走了，美卢问道。

"哦，那个？"

毕加索叔叔朝墙上望去。

"亚威农的少女。那是一幅很有争议的作品。"

"为什么？"

"画看上去是不是有点离奇？"

美卢一时间不知怎么回答。

"说实话，不是离奇，是有点可怕。"

"第一次看到那幅画的人，好像都和你有同感。因为之前没有画家画过这样风格的作品。甚至有评论家批评说这都算不上一幅画。"

毕加索叔叔一副满不在乎的表情。

"人们以陌生为理由，根本不想去了解这幅画。最让我难以忍受的是，连我最亲近的朋友，也把我精心创作的作品当作垃圾，并且恶语相向。"

"叔叔或许是因为那些朋友，所以放弃画画来开水果店的吧？"

美卢一边这样想着，一边注视着叔叔。

"那么后来结果怎么样？"

毕加索叔叔露出意味深长的微笑。

"发生了比那更叫人痛心的事吗？"

"不是，结果正好相反。"

"相反？"

美卢不理解这句话什么意思。

"所有人都说我是个怪人，我在画家中间也遭到彻底冷落，但是我坚持自己的风格，决不被那些人的话左右。因为我相信我的画比我更强大。"

"为什么说画比人更强大呢？"

"最终人们认可我是因为我的画啊。"

毕加索叔叔和蔼地补充道。

"后来人们毫不吝惜地称赞，说这幅画才是美术史上的最高水平的杰作。有评论家说，应当以'亚威农的少女'诞生前后，来划分现代美术史。而在那之前，因为陌生和特别，人们甚至不把它当成一幅画！"

毕加索叔叔的语气越来越激动。突然，他停止了说话，开始放声大笑。

"哈哈！我是不是有点太炫耀了？叔叔的脸皮是不是有点厚？"

"不是的。"

"我觉得叔叔特别令人尊敬！"

美卢一个劲儿地摇头。

"美卢啊，你和朋友们合不来，是因为你太在意别人了。不要在乎别人怎么看你。没必要因为和别人的环境不同而自卑。环境不过是身外的事。真正体现价值的只有你自己！"

回家的路上，美卢再次想起毕加索叔叔的话，心里发出呐喊：

"别人怎么看我，有什么关系呢！随她们怎么想，从现在开始我不再介意了！"

说不定我的想法是错误的
偏执的想法不能认清事物

"美卢！"

星期六上午，在小区的西饼店门口，美卢突然听到有人喊，便停下脚步。

回头一看，敏儿正开心地朝她挥手。

"嘿，敏儿！你什么时候来的？"

"今天早上。我正在去爷爷家的路上。"

两个人抱在一起蹦蹦跳跳。自从敏儿转学到大田之后，她们已经分开五个月了。

"你喜欢那儿的学校吗？交到不少新朋友了吧？"

　　"我对新学校的情况还不太清楚。你呢？你有新朋友吗？"

　　"我？"

　　美卢突然想起毕加索叔叔。

　　"大人也算朋友吗？"

　　这时，敏儿爸爸提着蛋糕盒子出现了。

　　"爸，这是我的朋友美卢。"

　　"噢，好啊，你就是美卢啊？"

　　敏儿爸爸露出亲切的笑容。

"爸，我现在可以和美卢玩一会儿吗？"

敏儿挽着美卢的胳膊，悄悄地说："爸爸要去老熟人家里。"

"别跑远了，就在这附近玩儿。"

敏儿爸爸看了下表，就大步流星地朝附近的公寓走去。

"听说我爸爸的工厂要搬到越南了。"

说到这里，敏儿的表情黯淡下来。

"你也去吗？"

"不，就爸爸自己去。"

美卢听了这话稍微有些安心。敏儿爸爸是内衣公司的社长。原来只有他自己在大田的工厂上班，去年冬天他们全家人都搬去了那里。美卢和敏儿慢慢溜达到了游乐场。

"他什么时候去呢？"

她们在长椅上坐下，美卢问道。

"下个星期。"

"经常打电话不就行了。"

"要是那样的话，我不是白转学了。和朋友们也见不了面。"

"我也不愿意你转学离开。"

美卢静静地握着敏儿的手。

"昌珉一定长大了。"

看到敏儿快要哭出来的表情，美卢想不出该说什么，只好问昌珉的情况。

"嗯！他现在特别能跑。你想不想看看？"

一提到弟弟，敏儿就破涕为笑，把手机里存的照片给美卢看。昌珉现在三岁了，坐在儿童小汽车上，比画着"V"字，表情有些怯怯的。

"可爱吧？"

美卢点了点头："嗯，和你太像了。"

敏儿瞪大眼睛连连摆手，"欸，太不像话了。那是说我长得像男孩子喽？"

"不是，是你们俩都可爱。"

"是吗？"

敏儿好奇地端详照片，神情和刚才完全不同了。敏儿不是那种总想着不好的事情的性格。她虽然动不动就哭，但是常常一转身就会笑得像没事儿人一样。

美卢最喜欢敏儿这一点。

"美卢，你还是那么受欢迎吗？"

"嗯？"

"喜欢你的人很多不是吗？"

"你说什么呢，从一年级开始我就只有你一个朋友。"

美卢以为敏儿是为了让自己开心才这样说的，所以没有当回事。谁知敏儿接着说：

"啊，对了。你性格迟钝，所以不知道吧？三年级的时候，允智和我说她想和你交朋友。"

"不可能的！我和她连话都不怎么说。"

美卢想起允智动不动就斜眼瞟她，还和别的孩子交头接耳的样子，就皱起了眉头。

"嗯，美卢，那就是你的长处——帅，高冷！"

敏儿真是越扯越远。

"我说的是真的，其实允智想和你好，所以对我也很好。"

敏儿锲而不舍，想让美卢相信自己的话。

美卢直直地看着敏儿。有点想问详细的情况，但是正好敏儿爸爸回来了，只好和敏儿道别。

"啊，对了，西饼店！"

见到世卢姐姐的瞬间，美卢猛然惊醒。因为见到敏儿，她把去买三明治的事儿忘得一干二净。

"美卢，奶奶去汗蒸房了，你中午给我们做泡菜炒饭吧。"

坐在沙发上看电视的多卢姐姐，边打着长长的哈欠边说。正准备出门买三明治的美卢，看了一下世卢姐姐的脸色。

"好吧，你不是很会做饭吗！"

世卢姐姐说道。

泡菜炒饭是美卢在学校实践课上学的，在家里也做过几次。

"知道了！"

美卢假装受不了，快速朝厨房走去。

"宋美卢"牌的泡菜炒饭制作方法很简单。

首先把泡菜切得碎碎的，放在平底锅里炒。然后把米饭倒进去搅拌均匀。把饭装进盘子里。把煎蛋盖在饭上。在煎蛋上撒上芝麻，最后轻轻挤上番茄酱就可以了。

"赞赞！"

美味的泡菜炒饭完成了！

"哇！"

"看起来真的很好吃！"

姐姐们坐到餐桌旁连连惊叹。

"哼，也不看是谁的手艺。"

美卢欣慰地笑了。看到姐姐们吃得那么香，觉得超有成就感。

"对了，你刚刚去干什么来着？三明治也没买回来。"

吃完饭，世卢姐姐突然想起来了，向美卢问道。

"我的朋友敏儿你知道吧？"

"哦，转学走了的那个孩子。"

"嗯，刚刚偶然在路上遇见她，敏儿和我说了些奇怪的话。"

美卢含糊地说完，迅速观察姐姐们的脸色。

"什么奇怪的话？"

多卢姐姐紧紧抓住椅子坐下，眼中充满好奇。

"我性格迟钝吗？"

"嗯，你是挺迟钝的。"

多卢姐姐迅速点了点头。

"就这些？"

世卢姐姐问道。

"不是。"

对于世卢姐姐的问话，美卢犹豫了一会儿才开口接着说，"姐姐觉得我的长处是什么？"

"长处？"

世卢姐姐一脸尴尬，不知道该怎么回答。

"呀，问这个干吗？如果问缺点的话还差不多。呕——"

多卢姐姐故意调皮地装出呕吐的样子。

"我的缺点是什么？"

"就那样喽。"

"那样是哪样？"

"好啦——和你讲话真烦。"

多卢不仅不好好回答，还不断冷嘲热讽。

"就此打住吧。嗯？"

世卢姐姐看不下去了，冲着多卢姐姐站了出来。

"你吃饱了干吗这么对妹妹？"

"我说错什么了吗？只是实话实说罢了。"

"哼！你真是喜欢实话实说，怎么说都是你有理。"

多卢姐姐被美卢嗤之以鼻的话激怒了，气得不知所措，"所以你没朋友就对了。动不动就生气。"

这句话一下子戳痛了美卢的心。

"对，我没朋友，所以呢，那又怎样？"

"喂，要吵架你们俩都出去！"

美卢气急败坏地还嘴，世卢姐姐大声喊着拦住她俩。

"真倒霉！"

气鼓鼓的美卢路过小区的宠物店，看见两只小狗亲密地玩耍，心里骂着多卢姐姐。

"冬冬是因为谁才弄丢的？"

追究起来都是因为多卢姐姐。爸爸总是说狗毛对呼吸道不好，一直不让在家里养。偏偏那天晚上多卢姐姐抱着冬冬在床上睡觉，叫爸爸看见了。因为这件事，不仅多卢姐姐，连美卢和世卢姐姐都被爸爸痛骂

了一顿。

"再这样的话，我就悄悄把那狗崽子拿出去扔了，你们看着办！"

爸爸喝了酒回来大喊大叫，冬冬吓得直哆嗦。平日里爸爸只要一喝酒就揍它，小家伙是个受气包。于是不知什么时候冬冬从门缝里溜出去，无声无息地消失了。

多卢姐姐说冬冬是因为自己而走丢的，伤心了好几天，饭都没怎么吃。

"那个小东西命中注定就不属于这个家啊。"

虽然奶奶哄多卢姐姐说冬冬要是只聪明的狗，早就找回家了，但真正需要安慰的人是美卢。多卢姐姐只是嘴上喜欢冬冬，一次都没有收拾过它的屎尿。狗粮也总是美卢喂，给它洗澡的也总是美卢。如果论起伤心，美卢不比多卢姐姐少，而是要多很多倍。

"没有责任感，厚脸皮的自私鬼！"

想到自己辛辛苦苦做好了饭却被赶出家门，美卢

就想对多卢姐姐大骂一顿，心里委屈极了。

"看我以后还理不理她。"

美卢下定决心，朝毕加索叔叔家的水果店走去。就像多卢姐姐说的，连个朋友都没有，能去的也只有叔叔家了。

"呃？"

走进水果店的瞬间，美卢简直怀疑自己的眼睛。乖宝变得快要认不出来了。

"把毛剪得这么短，是不是很奇怪啊？"

毕加索叔叔笑着问道。

"是，很奇怪。"

美卢打量着在沙发上缩成一团的乖宝。原来胖乎乎的身体显得又长又瘦，脸上也没什么肉，像只狸子一样。

为了看得更清楚些，美卢想把乖宝身边的小熊玩具拿掉，谁知乖宝一下立起身子，叫唤起来。

"不能随便动哦。那个玩具我都不能碰呢。"

叔叔补充说明那是以前的主人留给乖宝的玩具。

"这个小家伙好像和前主人很有感情。因为是它喜欢的人送的东西，所以不让别人碰。"

那一刻美卢想起了小时候奶奶给做的娃娃枕头。

三四岁的时候，美卢有阵子住在大邱的大姑姑家里。多卢姐姐得了哮喘，奶奶同时照顾不了三个孙女，就把美卢交给大姑姑照顾，同时把她在家里用的枕头也一块儿带上了。娃娃形状的小枕头是奶奶亲自做的。

"看不到枕头的话，小家伙会哭得很厉害，所以没法经常洗。每天抱在怀里跑来跑去，当玩具玩儿，枕套很快就旧了，不知道做了多少个一模一样的。"

大姑姑偶尔来家里，还总问起美卢是不是还在用那个枕

头。美卢记不起在大姑姑家生活的事儿了，现在也没玩枕头的习惯了，但是到现在还留着奶奶做的枕头。她在大姑姑家住了几年后回家时，大姑姑担心她没有枕头睡不着觉，所以就让她带了回来。

"因为多卢姐姐生病，美卢你的成长很不容易啊！"

听完了故事，毕加索叔叔说。

"尽管那样，她还自以为了不起呢。"

美卢撇了撇嘴，又想说多卢姐姐的坏话了。

"和姐姐吵架了？"

毕加索叔叔问。

"不知道她有多差劲。"

美卢皱着眉头，把午饭时发生的事情说了出来。

"美卢呀。"

毕加索叔叔安静地听完美卢的话，真诚地开口道，"你是不是没听叔叔说起过有个妹妹的事？"

"是。"

毕加索叔叔似乎沉浸在回忆中，低声叹了一口气。然后说自己的妹妹因为患传染病，还不到十岁就去了天堂。

"妹妹对我来说非常珍贵可爱，然而我却常常对她态度生硬，争吵也很多。两个人都太小了，不善于表达心意。"

可是多卢姐姐的问题不是不善于表达心意，而是过于赤裸裸地表达了。

"所以你没朋友就对了。动不动就生气。"

做姐姐的人怎么可以这么戳别人的痛处呢。美卢想起刚才多卢姐姐说的话，露出苦涩的表情。

"本来就是越亲近的人越不会说好话。你有称赞过姐姐吗？"

美卢无语地摇摇头。称赞？她偶尔会觉得多卢姐姐很好看，但是那样的话怎么能直接说出来呢？想一想就浑身起鸡皮疙瘩。

"姐姐也是觉得当面说出你的长处有点别扭，所以才恶作剧地故意说反话。你知道换位思考吧？因为每个人表达感情的方法都不一样，所以只根据外在表现出来的样子判断的话，就会产生误会。"

毕加索叔叔说穿了美卢的内心，接着轻声问道，

"你看我的画时有什么样的想法？"

"虽然不太懂，但如果是我的话，好像不会那么画的。"

叔叔目光指向那幅叫作'海滩玩球'的画。如果在美术课上以同样的名字画画的话，美卢画的主人公会是玩球的孩子们。如果画女人的话，一定会画穿着漂亮泳装的长发美女。但是在毕加索叔叔的画里，海滩上却站着一个长得像鸵鸟一样、拥有长长的胳膊和腿的奇怪女子。

"人们说，不拘泥于某一个框框是我的绘画最大的特点。我希望通过这幅画，把一向只以安静沉稳的面貌出现的女性，用洋溢着动感的形象表现出来。

所以我果断地省略了通常意义上的'海滩'景

色，只强调女性的活动。当然，也可以使用完全不同的表现方式，就像你的想法一样。艺术的真正价值在于不断接受不同的想法、不同的方法，并不断发现新的表达方法。"

说完，毕加索叔叔笑眯眯地看着美卢。

"叔叔聊起画画来就没完没了，是不是有点头疼？"

美卢不好意思地笑了笑。沉默了一会儿，毕加索叔叔再次开口。

"我想告诉你的是，不管谁对你有不好的言语或行动，即使你很生气也要再思考一下，那个人为什么说那样的话？站在那个人的立场上好好想一想，也许你就能理解了。"

"你是叫我不要太讨厌多卢姐姐喽。"

毕加索叔叔说了这么久，美卢的困意一下子涌了出来。

"闷了吧？不管怎么样，好好记住这一点吧！只朝某一个方向钻牛角尖，很难知道真相。那个水果箱里的苹果，乍一看好像都一样，摸一摸、尝一尝就会发现无论大小、味道还是颜色，都各不相同。"

"好的。"

美卢大概听明白了，点了点头。正好这时有客人来了。

"美卢，我们今天就聊到这儿吧。"

叔叔微笑着招呼客人去了。一整天的心情时好时坏，就像荡秋千似的，疲倦感一下子涌了上来。美卢从店里走了出来。

回到家里，只有多卢姐姐一个人坐在书桌前，不知道是不是在写作业，其他人不知道都去哪儿了。

"这个怎么在我的位置上？"

美卢没好气地把多卢姐姐一直炫耀的不久前新买的笔袋推到了一旁。

"那个给你了。"

"什么？"

多卢姐姐把笔袋推了回来。

"为什么？"

"没有为什么。就是想给你。"

多卢姐姐和美卢对视了一下，微微一笑。多卢姐姐有个习惯，自己心情好或者觉得抱歉的时候就会给别人东西。笔袋上印着最近人气很高的偶像组合的照片，美卢一直很想要呢。

"别太生气了。刚刚我是闹着玩的。"

美卢摸着笔袋正不知道该怎么办，多卢姐姐先开口道歉了。

“说不定是我太过分了。”

美卢回到家之前已经把多卢姐姐说的话仔仔细细地想了一遍。多卢姐姐并不是说美卢没有长处，只是说'问这个干吗'。就像毕加索叔叔说的，让她当面称赞别人或许会觉得尴尬。而且自己随便发脾气的行为确实也有些过分。

“美卢，你生气的样子很吓人。笑一笑好吗？”

多卢姐姐轻轻地摇晃美卢的胳膊。

“好啦——”

美卢假装不耐烦，轻轻地甩开手臂，脸上却露出了羞涩的笑容。那一瞬间，郁闷的心情一扫而光。

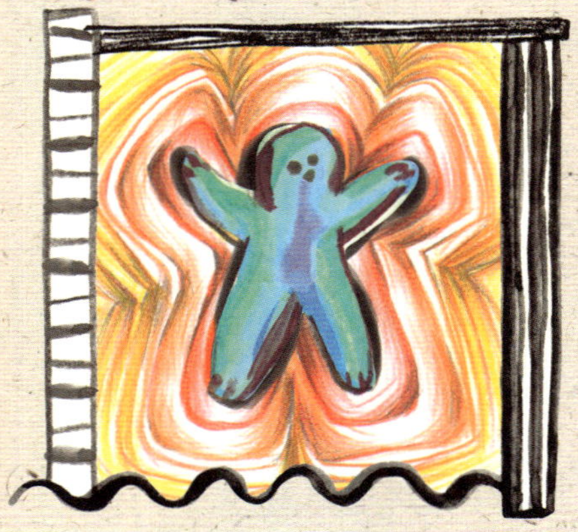

十年后的我是什么样子？
自己的价值由自己创造

"你想买点什么啊？"

路边摊上卖宠物用品的大叔看着美卢。

映入美卢眼帘的是一个小小的铃铛。

"这个系在乖宝脖子上，它就不会丢了。"

"谢谢你为乖宝着想啊！"

毕加索叔叔把铃铛戴在乖宝的颈圈上，露出欣慰的笑容。现在乖宝只要动，就会响起丁零丁零的铃铛声。

"真应该给冬冬也系上一个。"

乖宝被突然发出的声音吓了一跳，四处张望着，美卢一看到它就会不自觉地想起冬冬。

"您的快递到了。"

水果店的门开了，快递大叔搬着一个巨大的箱子走进来。毕加索叔叔打开箱子，里面装着满满的绘画工具。叔叔依次拿出各种颜料和刷子、纸、铅笔，嘴角挂着满意的微笑。

"叔叔您从小就梦想成为画家吗？"

"看起来是那样吗？"

叔叔笑着反问美卢。美卢点点头，用好奇的目光看着叔叔。叔叔给人的印象一直就是很爱笑，但收到快递后，开心的样子却和平时有所不同。

"美卢，你的梦想是什么？"

整理完毕，叔叔问美卢。

"梦想？我没有什么梦想啊。"

美卢脱口而出，仔细一想，自己确实没有具体地思考过梦想是什么呢。

"就是将来的理想，长大后想做什么。"

叔叔好像感到意外似的又问了一遍。

"我认为美卢很聪明，一定有特别的梦想。"

"我学习不好啊。那是叔叔的错觉。我的成绩勉强才中不溜儿，聪明什么呀。"

美卢话到嘴边又咽了下去，有点不是滋味。从小

学开始成绩就在全校数一数二的世卢姐姐，她的梦想是成为大学教授。因为学习好，才能有那样的梦想。

"好好学不就行了！"

毕加索叔叔和蔼地望着美卢。

"叔叔也真是的。有谁不知道这个道理呢？我是对学习不感兴趣，不愿学习才会成绩不好的呀！"

美卢心想真不该提到梦想这个话题，简直是自讨没趣，于是不再说话。

"美卢擅长做什么？"

"没有擅长的事情？"

"爱好呢？"

叔叔的问题越来越难回答。美卢继续一言不发，只是安静地摇头。渐渐的，她有些不耐烦，今天好像不该来的。

"那喜欢的东西呢？"

毕加索叔叔还在不厌其烦地提问，美卢不得不开口了。

"没有喜欢的东西。"

"美卢啊——"

毕加索叔叔稍作停顿，接着说道，"事实上我的学习也不好。小学时因为不认识字，差点儿都没毕业。"

"什么？"

美卢以为叔叔是开玩笑的，不由提高了嗓音。

"哎呀，太不像话了，叔叔，您可是名人呢！"

"你不知道学习不好的天才也有很多啊？"

叔叔笑着补充说，爱因斯坦和爱迪生那样的天才也曾经是学习不好的差生。

"这些人的共同点是，虽然按成绩来说可能是差生，但是在自己喜欢的事情上却比任何人都出色。呃，当然我没说我自己是天才。"

叔叔不好意思地笑了笑，又继续说，"我能够当上成功的画家，是因为非常喜欢画画这件事。美卢如果在学习上没有自信，也可以在其他方面成功呀。所以再好好地想一想，你最想做的事情是什么？"

"我最想做的事情？"

美卢一时间想不出来，露出了窘迫的表情。

"那么再想想看，如果选择职业的话，你想要做什么呢？"

　　毕加索叔叔问。琢磨了半天，美卢回答道：

　　"心理医生。"

　　"不是一般的医生啊，为什么偏偏是心理医生呢？"

　　毕加索叔叔用饶有兴趣的目光期待着美卢的回答。

　　"首先是舒服，钱也赚得多，也很有范儿不是吗？"

　　这下美卢可以毫不犹豫地回答了。于是，毕加索叔叔有点不放心地再次问道。

　　"你知道心理医生是做什么的吗？"

　　"不是倾听人们诉说苦恼的吗？"

　　美卢自信地回答。偶尔从电视剧里看到，好像没有像心理医生那样舒服的职业了。没看到他们给病人做手术，仅仅只是跟人聊天。

　　"我也能好好地倾听别人的苦恼。"

　　美卢把奶奶的故事讲给叔叔听。奶奶在小区的

大妈们当中是出了名的
体贴人。托她的福，在
家里几乎每天都能听到
大妈们各种苦恼。难怪爸
爸开玩笑说我们家好像情感
咨询处。

　　无论别人说什么，奶奶总是
好好地听，也能适当地调节气氛
配合对方。

　　"美卢认为心理医生就是像
奶奶那样，只是好好听人家说就行
了吗？"

　　"是啊。"

　　毕加索叔叔见美卢点头，沉思了一会儿，然后接
着说：

　　"但是美卢，这个世界上没有轻而易举的职业。
表面上看起来舒服、有范儿，实际上心理医生不是你
想象的那么容易。当然，像奶奶那样听别人倾诉苦
恼，安慰别人，使别人心里好受些，也是心理医生的

工作之一。但是到医院去就诊的人是患有更严重心理疾病的患者呀。那些人需要更专业的治疗。医生要学习研究人的心理，还要研究药物、运动疗法等各种项目才行啊。"

"您的意思是不是说，学习不好的话就别做梦了？我也知道，随便说说的。"

美卢觉得很尴尬，脸上火辣辣的。

"梦想是可以通过努力来实现的。你有什么不可以呢？"

毕加索叔叔笑着注视美卢。

"我都说了不知道。"

美卢不耐烦地辩驳，回头看着乖宝。乖宝戴着铃铛丁零丁零地，在店里的角角落落里转来转去地闻着。

"美卢啊。"

毕加索叔叔认真地说下去。

"梦想没有标准答案。所以你现在说不知道也没有错。"

"梦想是什么考试题吗？"

美卢苦笑了一下，觉得该回家了。没有擅长的，也没有想做的，只是照实说了，为什么心情这么不痛快呢？

"梦想是自己找到的。没有想做的事，就从能做的事当中去找。还有就是迄今为止做过的事情中最感兴趣的那些，从它们当中也能发现自己未来的样子。"

毕加索叔叔像是想起了什么似的接着说，"据说我父亲从前是美术老师。但是如果我不喜欢画画的话，绝对成为不了画家。每个人做自己喜欢的事情时，才不会觉得累，还会产生想要做得更好的愿望。我也是这样的。为了更好地画自己喜欢的画，于是梦想日后成为画家。"

一直听叔叔讲故事，美卢突然有了疑问。

"但是为什么你现在做了水果店的老板呢？"

毕加索叔叔意味深长地微笑着，没有回答，悄悄转到下一个故事。

"你是不是说希望拥有工作舒适、赚钱多、有范儿的工作？那么试着投资那个梦想吧！说不定什么时候它就成为现实了。"

叔叔似乎沉浸在回忆之中，出神地盯着墙上的画儿，过了一会儿又接着说：

"我在巴黎的时候，有一天，在咖啡馆偶然遇到一位贵妇人，请我给她画肖像，说要多少酬劳都可以。我欣然接受了邀请。画肖像画大概花了三分钟，那位贵妇人相当满意，问价格是多少。你知道我说了多少吗？"

"您说了多少？"

美卢充满好奇地望着毕加索叔叔。

"我要了50万法郎。这是无论多有钱的富人听了都会晕过去的巨额数字。"

"50万法郎，用我们的钱计算的话是多少？"

美卢问道。

"嗯，大概2000万左右。"

"嚯！"

瞬间美卢的嘴都合不上了。

"和你一样，那位贵妇人也是这样惊惶的表情，并追问，用那么短的时间画一幅画，这个价格是不是太贵了？我这样告诉她——我为了能在那么短的时间内画出那幅画，练习了一辈子。"

美卢不知道毕加索叔叔的画画得有多好，但是觉得他真是有了不起的自信。

"那时我能理直气壮地要那么多钱，是因为我相信，我用一辈子去努力做的事可以值那个价。美卢，自己的价值是由自己创造的。为此，先找到能创造自己价值的梦想是很重要的。"

虽然还不知道到哪里去寻找未曾有过的梦想，但毕加索叔叔的一番话不知不觉让美卢陷入深思。

"这草莓多少钱？"

两位大婶的询价声打断了美卢，她满脸愁容地走出了水果店。

回到家，她看到爸爸穿着工作服在阳台上干活儿，就凑过去看看。

"世卢房间的书架不够用了，我试着做一个。"

爸爸一脸满意地看着书架，突然想起什么似的问道：

"家里有方便面吗？"

"方便面？"

肠胃不好的爸爸虽说一吃面食就会拉肚子，但是急了就会想起方便面。美卢立刻跑去厨房打开了冰箱。映入眼帘的是豆芽。

"做点饭和豆芽汤，再来一条爸爸喜欢的鱼！"

为了爸爸，美卢决心发挥从奶奶那里偷学来的手艺，开始淘米做饭。

"煮点方便面就行了，那么费事干吗？"

美卢正起劲儿做饭呢，从阳台传来爸爸的声音。

"一点儿都不费事。"

美卢哼着小曲，打开汤锅，把鱼翻了个个儿。汤做得不咸不淡，鱼也煎得金黄脆嫩。

美卢从冰箱里拿出了奶奶新做好的小菜，从电饭锅里盛出了米饭。

"挺像样的嘛！"

爸爸看了一眼餐桌，嘴角露出了微笑。美卢在对面坐下，怀着忐忑的心情看着爸爸吃饭。

"舒坦！"

爸爸喝了一口汤，舒展开了肩膀。看来豆芽汤没

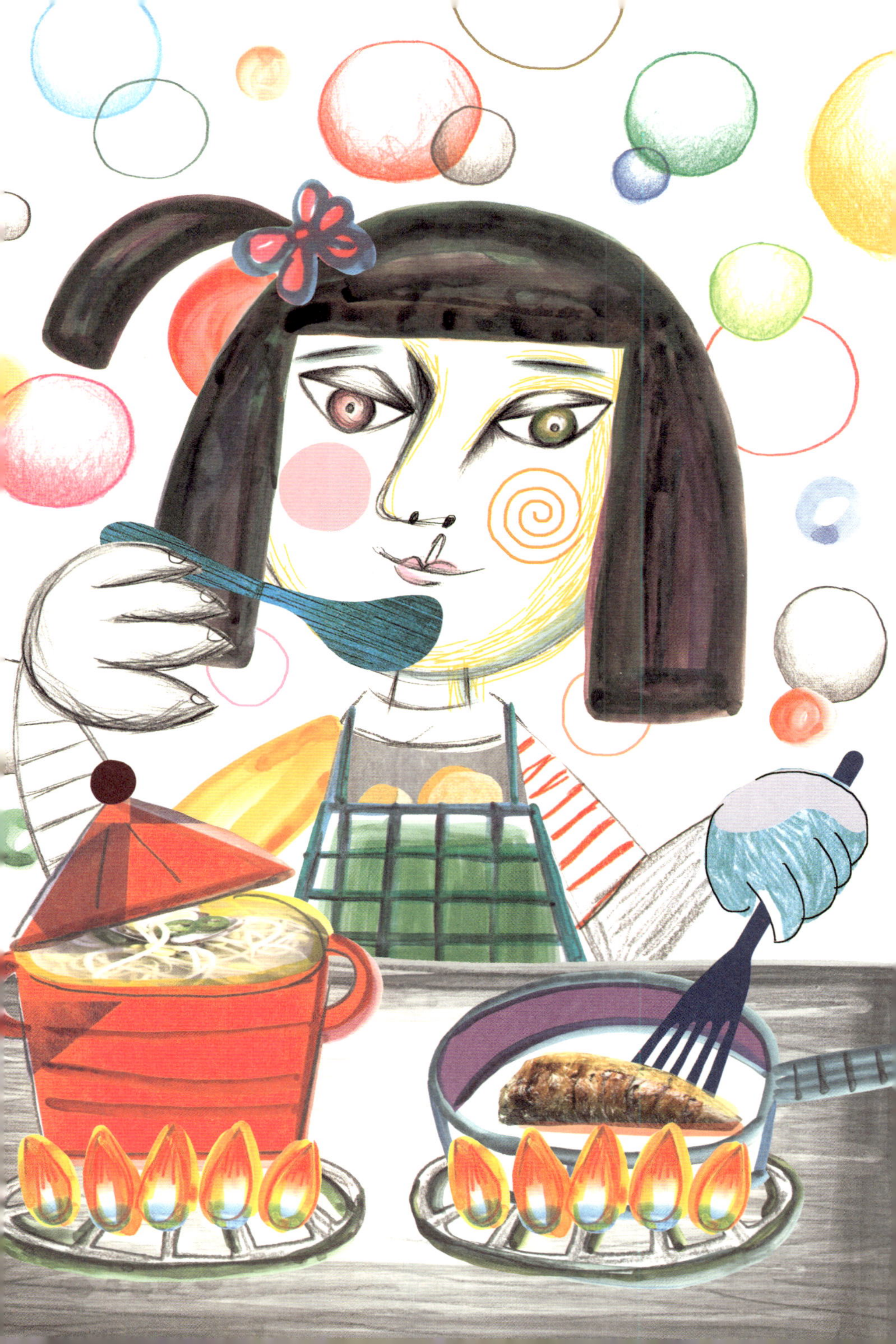

失败。

"老爸，累不累？"

"累是有点儿，但那是爸爸喜欢做的事。"

爸爸心情不错地回答美卢，把饭泡在汤里，呼噜呼噜吃了下去。看到爸爸吃得很香的样子，美卢也跟着很开心。

"爸爸曾经的梦想是做个木匠。"

美卢用诧异的目光看着爸爸。爸爸是贸易公司的职员。大学学的也是经营学专业。要说他曾经的梦想是木匠，太令人意外了。

"那您怎么没做木匠呢？"

美卢问道。如果是木匠，就不必读大学了不是

吗？但是爸爸为什么读了毫无关系的经营学专业呢？美卢心里一连串的疑问。

"爷爷不愿意我做辛苦的工作。但是我至今仍然是摸到木材的时候感到最快乐和幸福。"

美卢这时才似乎明白爸爸今天看起来格外有活力的原因。

"爸爸的梦想是十年或二十年之后，能亲手盖房子，做着木工活儿。"

年过四十的爸爸，正谈论着他十年或二十年之后的梦想。

"那时我在做什么呢？"

美卢在心里勾画着遥远未来的样子。

"但是美卢，你的梦想是什么？"

爸爸突然问道。

"我？"

"你长大了想成为什么？"

美卢踌躇满志地说：

"嗯，我正在考虑中，老爸！"

"那好，好好考虑。只要是你愿意的，爸爸都不会反对。"

爸爸露出比任何时候都温柔的微笑，对美卢说道。

"我长大了能成为什么呢？"

回到房间后，美卢第一次认真地思考自己的梦想。

"我想做我喜欢的事，希望把自己可以做好的事情做得更好，所以想成为画家，这就是梦想。"

梦想是自己寻找的，毕加索叔叔的这句话总是闪过脑际。忽然，有一件事浮上心头。

　　"我喜欢做料理，那也能成为梦想吗？"

　　美卢想象自己戴着帅气的厨师帽做食物的样子，
慢慢进入了梦乡。

抱歉的话真的很难开口
真心只有说出来才能传达

"她们和你是一个班的吧？"

在校门口，多卢姐姐突然问美卢。这时，允智和尤莉挽着胳膊从她们身边走过去。

"你看看左边那个同学的头发。简直了！"

多卢姐姐用手指了指允智，嗤嗤地笑起来。美卢抬眼望去，只见允智的头发梳成雷鬼发型，满头都是一缕一缕的辫子，像个艺人，美卢看着也觉得别扭。

"她真搞笑，是觉得那个造型适合她吗？"

"别笑了。"

美卢觉得多卢姐姐笑得太明显了，好失礼，便轻

声制止她。自从上次运动会之后，她和允智互相都不说话了，要是再让允智察觉到她和多卢姐姐在背后嘲笑她，指不定会出什么洋相呢。美卢第一次看到允智就觉得不顺眼。讨厌她打扮得花里胡哨像个公主的样子，也烦她像个娃娃似的哼哼唧唧的语气。最受不了的还是她老爱说悄悄话这一点。

她总是当着别人的面，和朋友嘀嘀咕咕，真让人不舒服。但是现在多卢姐姐就在允智背后看她笑话。

"多卢！"

"姐，我先走啦。"

刚好多卢姐姐的朋友来找她，美卢趁机和姐姐告别，朝教室的方向加快脚步。

"要管理好自己的物品柜，把不必要的东西都清理干净，我是不是再三强调过呀？你们把物品柜当成垃圾箱了吗？"

早会时间，班主任的怒吼声简直要震裂教室。检查结果不合格的几个孩子站在物品柜前，挨了一顿臭骂。美卢也在其中。

"你们几个没资格坐在座位上，都举着手站着，直到早会结束！"

老师下了号令。美卢和受罚的孩子们一起，举着手，在教室的后面站成一排。比起胳膊的酸痛，丢脸的滋味更不好受。就在某个瞬间，美卢和坐在座位上的允智瞧了个对眼。

"倒霉的

家伙！"

允智一碰到美卢的目光，立刻把头转开了。见她那个样子，美卢不由得想骂人。

不知怎么搞的，自从在学校门口见到她的那一刻开始，美卢的心情就不好。终于，忍耐了一天的美卢还是和允智打了一架。

当天第五节课结束后，正在准备放学的时候，美卢看到允智又在和尤莉咬耳朵，瞬间，美卢的眼中好像燃起了怒火。她"刷"的一下子从座位上站了起来，不由分说地走到允智面前，大声斥责：

"你怎么总是恶心人啊！"

"什么？"

"你俩不是在说我的悄悄话吗？"

允智好像吓坏了，眼睛瞪得圆圆的，一脸迷茫地看着美卢。既然出手了，美卢就更强势起来。

"我一忍再忍，你把我当傻瓜吗，在看我的笑话吧？"

"没有啊……"

允智一句话都说不出来，尤莉赶紧站出来辩解。

"你走开。"

美卢打断尤莉的话，不依不饶地瞪着允智。

"你为什么这样对我们？"

允智低着头，发出哼哼唧唧的声音。美卢心想，你是做了亏心事所以无话可说了。看到允智的表情，美卢心里稍稍平衡了一些。

"我警告你，再敢在我面前说悄悄话，可没有好果子吃，知道了吗？"

允智对美卢冷冰冰的警告也没有辩驳。看她那副样子，美卢的心情简直不能更痛快啦！

"允智对美卢说了什么？"

"不知道。"

"美卢发起脾气来太吓人了。"

班里的同学纷纷窃窃私语。

为了展示胜利者的姿态，美卢又狠狠地瞪了允智一眼，然后回到自己的座位。然而遗憾的是，这胜利感没维持多久。

"喂！"

尤莉突然气呼呼地大喊起来，

"你是流氓吗？"

尤莉不知是不是因为在同学面前丢脸而生气，脸涨得通红，冲上来拽住美卢的胳膊。

"什么，流氓？"

美卢也不认输，猛地甩开尤莉的手。

"是的，没搞清楚状况就乱骂人，不是流氓是什么！"

尤莉越说越激动，伸手要扯美卢的头发。就这样，两个人扭打在一起。

"拜托了，不要这样。"

允智哀求似的哭着坐到地上。突然从教室后面传来熟悉的雷鸣般的号令：

"还不快住手！"

是班主任！刹那间，教室里安静下来。

放学后，美卢、允智、尤莉被叫到办公室写检讨。

"你们三个分别写一写事情的经过，想一想为什么会发生这样的事情。"

班主任说要听听她们各自的叙述后，才能判断孰对孰错。

"你以为我不会写吗？"

美卢哼了一下鼻子，动起笔来。

回想这些日子因为她们而遭受的压力，就是十页纸也不够写的。美卢偷偷回头看了一眼，见允智和尤莉也在奋笔疾书。

"她们有什么话可说？"

美卢尤其对允智嗤之以鼻。

"宋美卢。"

"在。"

"你亲耳听到过允智说你的坏话吗？"

看完她们的检讨书，老师先把美卢叫了过来。

"没有。"

"既然没有，为什么断定同学在议论你？"

老师的目光严厉又锐利。因为确实没有亲耳听到允智说的话，所以辩解不了。美卢低着头无言以对。

"李允智。"

"啊？"

老师一叫名字，允智吓了一跳。

"在别人面前咬耳朵说悄悄话，是不好的习惯。"

老师像是劝诫似的，继续问允智。

"即使没有骂人或说坏话，但是当着别人的面说悄悄话，也会让别人觉得不舒服，这个习惯该不该改？"

"应该改掉。"

允智楚楚可怜地回答，好像马上要哭出来似的。美卢觉得老师看到允智那副样子，肯定会心软。

唉，允智装可爱、装乖巧、装可怜，美卢最讨厌她这三条了。

"韩尤莉。"

"在。"

接下来轮到尤莉了。因为打架事件是韩尤莉挑起来的，所以她挨骂最多。美卢想知道老师会做出怎样的裁决，所以竖起了耳朵。

"你说说第五节课下课后，允智和你说了什么。"

老师问尤莉。

"她问我想不想一起去吃炒年糕。"

"和谁一起？"

老师接着追问。

"她想让我问问——"

尤莉一脸怯生生的表情，瞟了一眼美卢，吞吞吐吐地说：

"宋美卢。"

"她在说什么呢，干吗要问我呀？"

美卢实在是无语了，一会儿看看允智，一会儿看看尤莉。

"允智你说说，为什么和尤莉说那些话？"

"……"

"李允智，怎么不说话？"

允智终于掉下了豆大的泪珠。

"就是想一起玩儿。"

"和谁，美卢吗？"

"……是的。"

允智好不容易开了口，老师又逐个瞅了瞅她们三个人。

"那为什么打起来？"

瞬间三个人都哑口无言。

美卢突然想起敏儿说过的话："三年级的时候，允智和我说她想和你交朋友。"仔细回想一下，允智并没有特别招惹自己，也没有做不对的事。反而是自己认定允智在说自己的坏话。看来是自己误解允智了。

想到这儿，美卢非常羞愧。

"现在你们都知道自己错在哪儿了吧？"

老师表情严肃地看着她们三个人。

"是。"

美卢、允智、尤莉用蚊子般的声音回答。老师接着说道：

　　"朋友是用金钱都买不到的珍贵存在。哪怕有不对的地方也要互相包容，这才是真正的朋友。打架是不能解决问题的，知道吗？"

　　"是。"

　　"那么现在互相拥抱，和好吧。"

　　美卢、允智、尤莉照老师的吩咐互相拥抱。

　　从办公室出来，三个人沿着走廊走着。虽然刚才当着老师的面，都说要好好相处，但是只剩下三个人在一起时，就无比尴尬。允智和尤莉的表情有些僵硬，美卢也挺不自在的，她渐渐放慢脚步，落在了后面。从走廊到门厅的短短一段距离，显得格外漫长。

　　"允智，你去不去洗手间？"

尤莉问允智。允智点点头，悄悄地回头看了看美卢。虽然有短暂的瞬间和允智的视线相遇，但美卢不自觉地移开了视线。

"刚才真的对不起。"

望着她俩去洗手间的背影，美卢默默地念叨，虽然想郑重地道歉，却实在没有勇气开口。

美卢迈着沉重的脚步走过操场，突然想起奶奶和小区的大婶们常说的话来。奶奶在好多情况下常常会说："啧啧，所以说人心隔肚皮嘛。"有人因为轻信了别人，而遭遇了意外；有人不懂得对方的真心，一味按照自己的想法去揣测，结果造成误会。美卢对允智，差不多就属于后者吧。

"我要不要主动找

她聊一聊？"

美卢迟疑了片刻，又迈出了脚步，

"如果是毕加索叔叔，他会怎么做呢？"

"你先和乖宝玩一会儿吧。"

叔叔一边招呼美卢，一边忙着在水果店门口支一块新牌子。美卢进去把乖宝带了出来。

新牌子上写着"毕加索绘画学习班"几个大字，很醒目。

"水果店要倒闭了吗？"

美卢担忧地注视着牌子。

"叔叔，您要办美术课外班吗？"

"嗯，不过不是那种收费的课外辅导，而是才能捐赠。"

叔叔说，所谓才能捐赠，是指有特长的人为社会服务。说到底，就是免费教画画。

"那水果店怎么办？"

"这是批发店，所以只有上午会忙。你也知道的，下午本来也没什么顾客嘛。"

美卢点了点头，跟着叔叔进了里面。

"要学画画的学生多吗？"

"现在刚开始，慢慢来吧。"

毕加索叔叔眯起一只眼睛，反问道：

"你是有什么事吧？"

叔叔分明具有能够看穿对方内心的能力。美卢把今天在学校发生的事情原原本本说了出来。

"前不久，我看到一个小姑娘在湖边骑自行车的样子，很美，便构思了一幅画。你能猜到我会怎样画吗？"

"我在说和同学打架的事，您怎么说起画画了？"

美卢心里有点不情愿，但她还是努力去想象叔叔说的景象。

"我猜不出来。"

"光凭想象是无法得出结果的。"

叔叔安静地笑了笑，接着说：

"我想用绘画来表现美丽生动的风景，但是，在看到作品之前，谁都不会知道风景有多美。画画也和我们的人生一样。只有想法是成就不了任何事情的。无论你有多好的想法，在用语言表达出来之前，谁都无法明白你的内心。想法仅仅是想法而已。"

美卢本以为聊天话题跑偏了，原来其中自有深意啊。她把心里的烦恼一股脑儿倒了出来。

"万一朋友不接受道歉呢？"

"别担心。你也是刚刚才知道真相，所以产生了道歉的想法，对吗？"

"是。"

叔叔接着说道：

"彼此发现、了解、表达，才能成为好朋友啊。"

美卢点点头。

"其中最重要的是表达。越是难以开口的话，越要尽早说出来。若羞于开口迟迟不说，可能又会产生误会，永远失去说出来的机会。你明白我的意思吗？"

"明白。"

美卢这才如释重负地扭头看着乖宝。叔叔说话的工夫，乖宝倚在美卢的膝盖旁，呼噜呼噜地睡着了。

"苹果新鲜吗？"

听到来买水果的顾客的声音，乖宝猛地抬起头。不知不觉美卢也到了该离开的时间了。

"允智，真对不起，我无缘无故地误会你，让你难受了！"

"尤莉，对不起，我也不应该对你大打出手。以后不会这样了。"

第二天，美卢终于鼓起勇气，向允智和尤莉道歉了。允智和尤莉完全没想到，一时慌了神，面面相觑。

"以后我们可不可以做好朋友？"

美卢羞得脸发烫，但还是鼓起勇气，把想说的话都一股脑儿说了出来。

"好的。"

"一言为定。"

允智和尤莉几乎异口同声。美卢这才像解开了一道难题一样，心里豁然开朗。

"谢谢你们接受我的道歉！"

"我们也有不对的地方。"

"以后我们就是朋友了。"

允智和尤莉握住美卢的手，爽朗地笑了。

没关系，都会好起来的！
改变想法，世界就会改变

　　今天是美卢的生日。如果不出意外，今天一定也是姐妹三人一天喝两次海带汤的日子。早上喝奶奶做的海带汤，晚上去妈妈家，一准儿又有海带汤。

　　"我不喜欢海带。"

　　世卢姐姐皱着眉头。

　　"过生日的时候家人聚在一起吃东西是礼节。"

　　妈妈表情坚决地把汤碗放到了世卢姐姐面前，扭头看了看美卢。

　　"慢慢吃，多吃点儿。"

　　海带汤里放了美卢喜欢的花蟹和大虾。

"奶奶说她给你们做了牛肉海带汤，所以我做了不一样的。"

妈妈观察着美卢的表情，在位子上坐下。

"真是太好吃了！"

多卢姐姐喝了一勺汤，发出赞叹。美卢开心地望着妈妈。妈妈准备的生日大餐是妥妥的一百分。公司的工作那么忙，不知道她是怎么抽出时间准备食物的，而且全都是美卢爱吃的。

"我们来刷碗。"

美美地吃完晚餐后，世卢姐姐挽起袖子站出来。在爸爸家里总想着偷懒耍滑的多卢姐姐，居然开始收拾起了空碗盘。好不容易吃到妈妈亲手做的饭菜，姐姐们看起来心情也不错。

"那我来切点儿水果。美卢你看电视吧。"

妈妈乐呵呵地看着姐姐们，让美卢出去。因为过生日，美卢一个人享受特别待遇，她觉得有点别扭，在洗碗池前面探头探脑。

"我也搭把手。"

"走开，太挤了。"

118

美卢凑到旁边，世卢姐姐却把她推开了。

"美卢，过来。"

妈妈端着水果盘往客厅走，美卢跟着妈妈出去了。

"生日礼物，不知道你喜不喜欢。"

妈妈放下水果盘，拿出一个盒子。美卢打开一看，是一双粉红色的运动鞋。美卢高兴极了，迫不及待地试了起来。样子很好看，而且正合脚。

"谢谢妈妈。"

美卢开心地搂着妈妈。看到美卢开心的样子，妈妈也露出满意的表情。

"哇，好漂亮！"

"真好啊，宋美卢！"

姐姐们一脸羡慕地看着美卢和粉红色的运动鞋。

"好，现在我们吃蛋糕吧。"

妈妈把生日蛋糕放到茶几上，点燃了蜡烛，然后对美卢说。

"数到三就吹灭。"

一，二，三！美卢在妈妈的口令声中吹灭了蜡烛，同时默默地许下了愿望：

　　"请让爸爸妈妈和我们幸福地生活在一起！"

　　"生日快乐，美卢！"

　　大家一起拍着手唱着生日快乐歌，妈妈用数码相机拍下了温馨的画面。

　　"我来给你们拍。美卢，你站在妈妈旁边。"

　　世卢姐姐从妈妈手里拿过相机，咔嚓咔嚓连拍了几张，然后设成自动模式，四个人拍了一张合影。

　　"这张删除吧。"

　　多卢姐姐一边翻看相机里的照片，一边嘟嘟囔囔地抱怨着。

"把我的脸照得好大啊。"

"很漂亮啊，怎么了？"

妈妈眯着眼睛，仔细端详着照片。

"多卢，你的脸本来就大。"

世卢姐姐咪咪笑着，故意要激怒多卢姐姐似的。

"别笑了，我们比比看谁的脸更大！"

"比什么比，你是咱们家一致认定的大饼脸！"

"就要比，比一比！"

多卢姐姐也很配合地耍起小脾气，非要把脸凑到世卢姐姐面前。

"你们打住吧。依我看你俩都像爸爸，脸大。"

妈妈笑着插了话。

"反正老爸对我们的颜值没有帮助。"

姐姐们也认同这一点，扑咪笑了出来。

"所以不要瞎吵啦，快来吃蛋糕吧。"

妈妈把盛着水果和蛋糕的盘子放在女儿们面前，又把叉子分给她们。三姐妹和妈妈一起围坐在客厅的地板上，美美地吃着甜点。四个人边吃边聊。

正在这时，多卢姐姐的手机响了。

"是老爸。"

多卢姐姐看了妈妈一眼，然后接通了爸爸的电话，说想在妈妈家吃过晚饭玩一会儿再走，因为是美卢的生日。爸爸破例答应了，还说要过来接她们。

"你爸爸到哪儿了？"

妈妈问道。

"让我们30分钟之后到正门前面。"

多卢姐姐瞟了一眼手表，回答道。

"准备准备吧。"

妈妈若无其事地把盘子放在托盘上，朝厨房走去。

"有没有忘带的东西？"

电梯里，妈妈偷偷地照了照镜子，漫不经心地问了句。马上就到正门了，妈妈暗暗整理了一下衣服。自从妈妈住院以后，今天应该是第一次和爸爸见面。

美卢第一次见到妈妈也是在她住院的时候。上幼儿园之前，美卢一次都没有见过妈妈。因为爸爸说是妈妈先离开家的，所以反对女儿们和她见面。

突然有一天，姨妈来电话说妈妈因为交通事故住院了。爸爸当时在公司，听到消息后立刻开车赶回家，带着三姐妹去了医院。

"妈妈！"

到病房的时候，妈妈脸上缠着绷带，静静地躺在病床上，看上去伤得很严重。姐姐们失声痛哭，而美卢却站在爸爸旁边不知所措。不过，妈妈缠着绷带泪如雨下的样子，美卢至今难忘。

"对不起。"

妈妈一个劲儿地说对不起，一个劲儿地哭。后来美卢也跟着哭了。

"受伤了就不要激动……"

爸爸说完那句话，像木头似的站了一会儿，

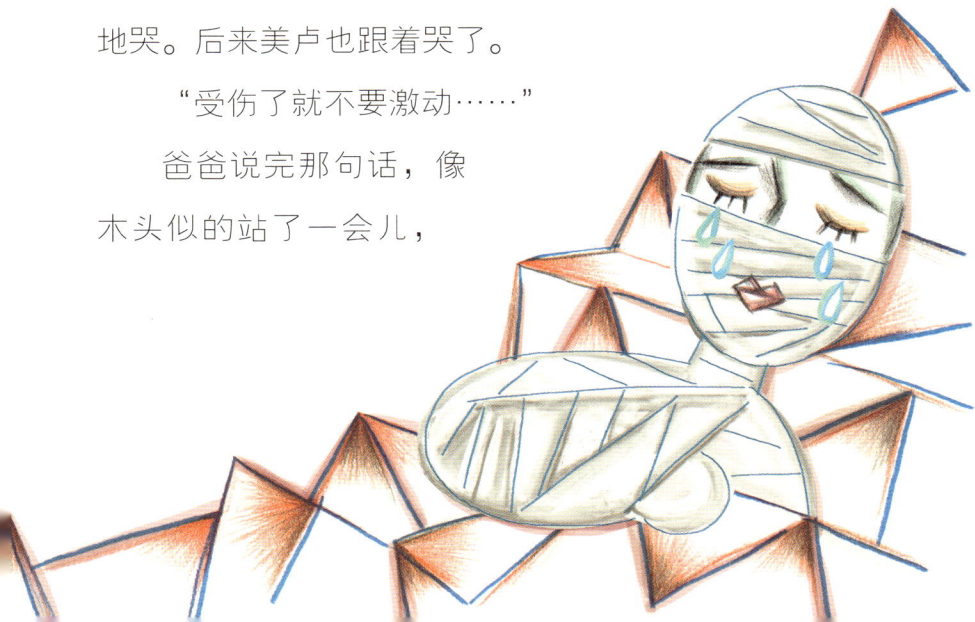

然后悄悄离开了病房。

幸好不是大的事故，没有生命危险，但妈妈在医院住了两个多月。爸爸就是从那个时候开始，同意她们姐妹仨在不影响学习的情况下，每个月和妈妈见一次面。

"总算又见面了，本来也不是什么仇人。"

从一开始就竭力反对爸妈离婚的奶奶，满心期待爸爸和妈妈之间能有什么改变，但是什么也没发生。

虽然姨妈说妈妈是患了产后抑郁症，精神敏感，所以才做出极端的举动，但是爸爸说妈妈扔下还没断奶的女儿离家出走，他绝对不能原谅。奶奶虽然在爸爸面前不说什么，但也同样无法理解妈妈的做法。

"不管多恨丈夫也不能这样。孩子有什么罪过呢。"

每当听到奶奶给姑姑们打电话诉苦，美卢总是感到说不出的难过。不管是抑郁症，还是其他原因，妈妈丢下刚出生的美卢离家出走，这是不争的事实。

"爸爸的车在那儿。"

听到世卢姐姐的话，多卢姐姐兴奋地加快脚步，冲到车子前面。

"老爸！"

多卢姐姐拍着车门，向爸爸挥手。爸爸面无表情地看了一下外面，用眼神示意她上车。好久没见到妈妈了，他却连看都不看一眼，也没下车。

"快上车吧。你们今天都累了。"

在离车还有一点距离的地方，妈妈轻轻拍着美卢的背，对世卢和美卢说道。

"妈，晚安。"

姐妹俩和妈妈告别，打开了车门。女儿们全都上了车，妈妈扭过头，看着远处的天空。

"妈，我们走啦。"

"好的。"

尴尬而短暂的沉默之后，爸爸安静地开车出发了。每次来和妈妈见面的日子总是以难过收场，但今天心情尤其沉重。

"一家人为什么就不能在一起生活呢？"

美卢无法理解，对于别人来说理所当然的事情，为什么到了爸爸妈妈这儿就那样困难。看着黑漆漆的车窗外，美卢偷偷地擦了擦眼泪。

"爸爸晚一些回家，你们先睡觉。"

爸爸把她们三个送到家门口，说有约会，又走了。美卢和姐姐们一起进了家。客厅里奶奶独自看着电视。

"奶奶，吃晚饭了吗？"

多卢姐姐走到奶奶旁边坐下，乖巧地问。

"楼上邻居家做参鸡汤，叫我去，太香了，我吃了一大碗。那个，妈妈是不是给你们做了许多好吃的？"

"嗯，奶奶，明天早上吃什么？"

多卢姐姐简单地回答，匆匆转移了话题。美卢知道多卢姐姐突然转换话题的原因。撇下奶奶去妈妈家里吃晚饭，心里过意不去。美卢也是，去妈妈那里的时候不放心奶奶，在家的时候又担心妈妈。

"开开心心吃了生日饭回来就好。都早点儿睡吧。"

奶奶说累了，就先回房间了。

晚上美卢自己在客厅看电视，看着看着就睡着了。某一瞬间，一种奇怪的感觉让她睁开了眼睛。

天哪！

爸爸正抱着美卢往她的房间里走。

"老爸抱着我！"

第一次感受到爸爸的体温，美卢差点儿发出了尖叫。睁开的眼睛连忙又闭上了。

"好温暖。"

虽然酒味儿很大，但爸爸的怀抱非常舒服。

美卢心想，要是家里的房子特别特别大，从客厅到房间的距离特别特别远就好了。

多卢姐姐偶尔在看电视的时候靠着爸爸的肩膀睡着了，爸爸从不摇醒她，总是将她抱到房间。看到那情形，美卢不知道多羡慕呢。

"什么时候爸爸也能那么抱抱我呀！"

然而此刻自己正被爸爸抱在怀里，简直像幻觉一样。美卢觉得自己是世界上最幸福的女儿。可惜，幸福的时刻总是很短暂。爸爸很快把美卢放到了床上。

美卢躺在被窝里，偷偷地眯缝着眼睛。爸爸静静

地坐在床头看着美卢。虽然房间没开灯，看不太清楚，但是低着头的爸爸，脸庞显得非常忧伤。

"爸爸对不起你，美卢。"

爸爸喃喃自语。美卢装作睡得很香，侧过身去躺着，强忍着在眼眶里打转的眼泪。

第二天，美卢一放学就径直跑去毕加索叔叔的水果店。好几天没见，也不知道绘画学习班招了多少学生。

"要不你先和乖宝玩一会儿？当季的水果上市

了，今天顾客特别多。"

毕加索叔叔和客人交谈时，发现了美卢，他高兴地说道。熟透的瓜果香气扑鼻。美卢把乖宝带出来，坐在外面的椅子上。

"毕加索绘画学习班？"

"据说那个叔叔是画家，看来传闻是对的。"

没多久，从店里出来的顾客们瞅了一眼绘画学习班的牌子，小声议论着。

"来的学生多吗？"

客人们走后，美卢进了店里，向叔叔问道。

"目前还没有人来，也许从下周开始情况会好转。"

"万一招不到学生，怎么办呢？"

"至少会来一个不是？"

叔叔自在地笑着说。

"连招牌都做了，要是没人来怎么办？"

虽然叔叔性格乐观，一点都不在意，但美卢还是暗暗地替他担心。

"别老站着，坐吧。"

叔叔一边给乖宝的水盆里换新水，一边说。

"哦，对了。我给乖宝带来了胡萝卜。"

美卢把从家里带来的胡萝卜放到了乖宝的饭盆里。

小口小口地喝着水的乖宝，一看到胡萝卜，立刻喜出望外地跑了过去。

"生日聚会不错吧？"

叔叔仔细端详着美卢。美卢想起了她们离开时妈妈形单影只的样子和爸爸深夜醉酒回家坐在床头那悲伤的表情。

"就是有点儿烦。"

美卢说起昨天发生的事，一脸忧郁。

"美卢对爸爸妈妈离婚的事怨不怨恨？"

毕加索叔叔小心地问道。美卢抱起老是爬到她腿上缠着要抱抱的乖宝，低下了头。

"美卢，你听说过心理习惯吗？"

美卢摇头无语。

"现在的情况或许很累很烦，但是无论喜不喜欢，有些事情已经发生了，很难再改变。所以，也不能一辈子带着抱怨生活，不是吗？归根结底，一切都取决于自己的心态。"

美卢默不作声地抚摸着乖宝，心想："已经烦得要命了，怎么培养心态呢？"

"乖宝老是耍赖缠着要你抱，烦人吧？"

见美卢一副充耳不闻的样子，叔叔悄悄改变了话题。

"喜欢才缠着呢，怎么会烦人呢？"

美卢在心里反驳道。不过她没有回答，只是摇了摇头，把乖宝抱得更紧了。此刻，比起叔叔的话，老老实实待着的乖宝更令美卢感到安慰。

"那是因为你看待乖宝的心态始终是积极的。"

美卢在叔叔说话的时候，无意中把目光转向了画架方向。在湖边骑自行车的少女的素描中，背景部分完全变了。

"那是我们骑自行车的湖水公园对吗？"

"你看怎么样？"

叔叔顺着美卢的目光问道，"上次的背景更好吗？"

"不，这个看起来更好。"

"风景依旧，只是你观看的方向变了而已。培养心态也是同样的。现在你面临的环境可能不会改变，但是你自己的想法可以改变。试着练习除掉负面的想法，用积极的想法代替它。这就好像魔法一样。凡事朝好的方向期待，结果也会变好。背景稍稍改变，整幅画就变得完全不同。"

毕加索叔叔接着说，人生就如同创作一幅画的过程。

"就像为了完成一幅美丽的画，无数次擦掉、反复重画一样，应该练习从各个方向去思考，以得到更好的想法。"

毕加索叔叔说，既然已经发生了，就试着从积极的方向去看待事情。这样，愤怒、烦躁的负面情绪就会消失，就能够带着愉快的心情生活下去。

"就当是被骗，现在就试试看。只要改变想法，世界就变得完全不同了。"

"也许爸爸妈妈也正在为完成更好的画而涂涂抹

抹吧。"

那天晚上，美卢仔细回想毕加索叔叔说过的话，陷入了沉思。

家人不能在一起生活是一件令人心痛的事情，但说不定什么时候好日子就会来到。

"可能的话，请描绘出大家一起幸福生活的景象。"

那天晚上，美卢脑海中浮现着全家人欢声笑语地围坐在餐桌旁的情景，进入了甜甜的梦乡。

星期天，美卢一家难得全体出动，去湖水公园游玩。

"我们美卢的手艺不知道有多巧。"

奶奶一边打开饭盒，一边环顾着大家。

"这个三明治也是美卢做的呢。"

多卢姐姐也插了一句，津津有味地吃了起来。

"就是按照奶奶说的方法做的。"

美卢有些不好意思，却掩饰不住满足的表情。她悄悄看了一眼爸爸，他也面带微笑，默默地品尝着美卢做的三明治。看到他的样子，美卢忽然想起自己做的梦。也许在梦里，美卢已经成了正儿八经的厨师，忙着为家人们准备特别的饭菜吧。

"他们现在是最无忧无虑的年纪。"

奶奶一直注视着自行车道上骑得起劲的孩子们，喃喃自语。

"我们也骑自行车吧！"

吃完午餐，美卢回头看着姐姐们提议道。

"可是我们没有自行车呀。"

"那边有租自行车的地方。"

美卢告诉世卢姐姐，湖水公园一角有个自行车出租处。

"老爸也一起去吧，好不好？"

多卢姐姐撒娇地拉着爸爸。

"你们几个去吧。"

"我在这儿休息呢，你和她们一起去消消食儿，转几圈不好吗？"

奶奶暗暗地催促爸爸。

"老爸你不是骑得很好嘛。光我们几个多没意

思呀。"

"那好吧。走吧！"

爸爸装作招架不住多卢姐姐娇滴滴撒娇的样子，站起身来。

"绕着湖转一圈回来。我们比赛看谁骑得最快，好不好，走起！"

"呦嗬！"

"太带劲了！"

不一会儿，三姐妹和爸爸一起骑着自行车，在湖边你追我赶，不知不觉间夏天的味道扑鼻而来。

"明天我得去毕加索叔叔那里报名学画画！"

美卢欢快地踩着脚踏板，突然有了想学画画的想法，眼前不时浮现自己跟着叔叔努力学习画画的样子。倒不是决心要成为画家，只是依稀有些好奇。

"梦想没有标准答案。"

就像毕加索叔叔说的那样，想成为厨师也许还不是最终的答案。美卢喜欢做食物，但也喜欢骑自行车。每当叔叔讲起关于绘画的故事时，她就想，当一名画家也是很棒的梦想呀。

毕加索叔叔的绘画学习班到现在一个报名的人都没有，美卢想成为毕加索叔叔的第一个学生，认真地研究一下自己的新梦想。

毕加索是谁?

大林美术馆副馆长　金申

奇怪而无法理解的画

和哲学家亚里士多德、音乐家贝多芬、政治家林肯、小说家托尔斯泰、科学家爱因斯坦一样，毕加索这个名字我们耳熟能详。我们并不了解爱因斯坦的相对论，但是我们非常熟悉爱因斯坦这个名字。同样，从未见过毕加索绘画的人也知道毕加索这个名字，知道他是一位伟大的画家。

人们常对画一些奇奇怪怪让人看不懂的图画的人说："你难道是毕加索吗？"这正是大多数人对毕加索的认识。既然如此，毕加索是如何成为举世闻名的艺术家的呢？我们一起来看一看吧。

只要握着铅笔就觉得幸福的孩子

1881年10月25日，毕加索出生在西班牙南部安达卢西亚海岸一个叫马拉加的小镇。按照西班牙的习惯，毕加索使用父亲"唐·何塞·路易斯·布拉斯科"的姓"路易斯"和母亲"玛丽亚·洛佩斯·毕加索"的姓"毕加索"，取名为"巴勃罗·路易斯·毕加索"。

我们通常更熟悉"巴勃罗·毕加索"这个名

字是因为毕加索以画家身份获得一定声誉后，在画作上签名时，舍弃了父亲的姓，只写母亲的姓。这或许是因为"毕加索"比"路易斯"更鲜为人知，也或许是因为比起威严的父亲，毕加索更热爱母亲。

然而，毕加索的绘画天赋显然是从父亲那里继承来的。父亲何塞·路易斯是美术学校教师、市立美术馆管理人、美术作品复原家，他尤其擅长画鸽子。虽然父亲不是出名的画家，但是毫无疑问，年幼的毕加索受到父亲很大的影响。

毕加索从小就展现了在绘画上的天赋。据说，在他还不会说话的时候，他就对画感兴趣，他会说的第一个单词是"铅笔"。毕加索是一个只要能随心所欲地画画就心满意足的孩子。而且他学习画画的速度也非常快。

他11岁进入美术学校，12岁时就完美地掌握了学院派绘画技巧。学院派绘画指的是学校教授的传统的、形式主义的绘画，也可以说是准确、详细地再现绘画对象的绘画手法。毕加索12岁时的绘画水平，就已经高到无法再参加儿童美术大赛了。13岁时他出版了兼有图画和文字的日记《科鲁尼亚》。

最令人震惊的是他的父亲看了儿子的画作之后当即宣布封笔。一天，父亲在绘画的中途外出，把剩下的部分交给儿子完成。外出回来的父亲看到儿子的技艺后惊呆了，于是把彩笔交给儿子，宣布从此不再画画。毕加索虽然因为这件事对父亲心怀愧疚，但他对自己成为画家的理想更加坚定了，对自己的才能也更有信心。

更广阔的艺术天地——巴黎

毕加索有着极高的艺术天赋和成为伟大画家的雄心，对于他来说，西班牙这个舞台太小了。20世纪初，西班牙的政治、经济、文化在欧洲都处于落后状态。与此相反，法

国在政治和经济上遥遥领先。在文学、建筑、美术、设计、摄影、演出、电影等文化方面，巴黎都处于欧洲中心地位，伟大的艺术家和作品争相出现。

在毕加索和他的同事布拉克首创立体主义之前，现代美术史上最重要的现实主义、印象主义、后印象主义，都是在巴黎诞生的。

20世纪初的巴黎是一个充满活力、思想先进的城市，款式新颖的汽车和马车在拥挤的街道上穿梭奔驰、美丽的姑娘们在街头尽情展示魅力，文化人聚集在咖啡馆和餐厅展开激烈的讨论，到了晚上，辉煌的灯光下情侣们卿卿我我，剧场里上演着梦幻般的马戏和舞台剧……如此生动的巴黎，瞬间迷倒了生长于西班牙偏僻小镇的毕加索。

走上孤独而充满挑战的绘画之路

1900年，首次去巴黎旅行的毕加索在那里看到了勒内瓦尔、凡·高、高更、罗特里克、塞尚等画家的作品。他们是以更主观的方式开始绘画的画家，是破坏学院派绘画的定式、让绘画变得自由的主力。

虽然19世纪后期出现了印象主义，但并不是所有的画家都遵循印象主义的风格。直到20世纪初期，以客观性为主的传统绘画方式仍占据主导地位。这种学院派风格的画作很容易理解，所以购买者众多，但在这些陈旧、老套、刻板的作品中，找不到任何创造性。

以电视搞笑节目为例，有的栏目刚推出时新颖有趣，但随着时间的推移，新鲜感逐渐淡薄，就不再让人觉得好笑。那么，这个栏目就会落下帷幕，新的主题栏目会粉墨登场。在美术界也是如此，如果一种风格一直持续，它就会渐渐变得平凡，人们对新事物的要求就会越来越高，而越来越高的要求才会激发创造冲动。

毕加索是拒绝传统和平凡、用生命去创造新事物的艺术家。在巴黎，毕加索深深地被勒涅瓦、凡·高、高更、罗特雷克、塞尚等画家吸引，因为他们也是孤独、充满挑战性地开辟创造之路的代表性艺术家。毕加索迅速消化了他们大胆的绘画风格，形成了自己的风格。

在巴黎，毕加索不仅见识到了新颖的美术创作手法，还结识了形形色色的文学家、画商（卖画的）和赞助者，并通过和他们的交流进一步丰富了自己的绘画形式。

蓝色时期

毕加索有80年漫长的绘画经历，他向人们展示了多种艺术手法。最早的手法是在巴黎生活一年后逐渐形成的。手法是指具有一定框架的统一形式。所以，同一种手法的画，即使画家不同，看起来也差不多。

例如，印象主义画家主要描绘随着太阳的变化而时时刻刻变化的对象。他们摒弃宗教画、人物画和静物画的典型素材，而去捕捉日常生活中擦肩而过的平凡场景。在巴黎，毕加索第一次展示了这种属于自己的手法，那就是被称作"蓝色时

期"的手法。

　　毕加索移居巴黎后不久，便经历了失去西班牙好友卡洛斯·卡萨赫马斯的痛苦。卡萨赫马斯和毕加索一起到巴黎旅行，被女友抛弃后自杀。初到巴黎的毕加索是陌生的异乡人，又是尚未得到认可的画家，生活一度陷入穷困。好友的离去、未能阻止朋友自杀的负疚感、贫困的生活、身在异乡的孤独、对未来的不安等，使毕加索的内心郁闷不已，这些都反映在他的作品当中。

　　1901年到1904年间，他的作品都呈青蓝色，素材和氛围忧郁不安。 1901年6月，这一时期的作品在博拉尔画廊展出。该画展作为毕加索的首次正式展览，在历史上非常有名，但由于当时作品的阴郁氛围，完全没有引起观众的反响。然而，蓝色时期首次展现了毕加索独特鲜明的手法，可以看作是他正式走上画家之路的信号弹。

破坏性的粗暴的杰作——《亚威农少女》

　　第一次展览的商业失败没能阻挡毕加索的发展。1904年以后，毕加索走上了更加大胆创新的绘画道路。蓝色时期结束后，毕加索的绘画风格发生了巨大的变化，逐渐开始单纯地描写对象。

1905年，毕加索看到巴黎卢浮宫博物馆展出的古代伊比利亚雕塑后，被其大胆而单纯的形态所感动。之后毕加索开始赋予人物画单纯的形态感，并开始深入研究塞尚的画。

活跃在19世纪的保罗·塞尚是一位对现代美术产生巨大影响的画家。比起对素材的欣赏，塞尚更专注于再现素材形态和色彩本身。在他的画作中，世界上的所有事物都是由球、圆筒、圆锥等简单的几何形态构成的。

从小学到的写实、学院派的绘画手法，若干先觉者的众多手法，简单形态的伊比利亚雕塑，原始的非洲部落雕像，再加上塞尚的另类表现方式的影响，毕加索的创造力终于爆发了。《亚威农少女》在此背景下诞生了。

1907年完成的《亚威农少女》是毕加索有史以来最下功夫的作品。在此之前，毕加索都是即兴创作，并没有系统的构思，但《亚威农少女》不同。毕加索从1906年开始就对这幅画进行规划，并做了大量初步的素描，直到1907年春夏才完成这部巨作。用这么长时间构思完成一幅作品，对毕加索而言还是第一次。长243.9厘米、宽233.7厘米的巨大尺寸，更是他画过的最大的一幅作品。光看创作时间和图画尺寸，就能充分估量毕加索对这部作品投入了多少精力和期待。

但是在这部作品中，重要的不是时间和大小，而是表现方式。首先，在该作品中找不到传统的远近法。远近法给绘画增加深度感。我们实际看到的空间有深度感，在绘画中再现它的技法就是远近法。原理类似长条桌实际上是长方形的，但在我们眼里却是梯形的，近大远小，就产生了深度感。

但在《亚威农少女》中这种深度感消失了，画中的人物和空间变得平面。无论是前边的人物，还是后边的人物，看起来都站在一条线上，感觉就像从多个角度审视同一个对象。右边的人物虽然露出背部，但脸蛋是正面。模特的眼睛和鼻子也不是在同一视点看到的。人的身体细节也都省略了，只用简单的面和块状来描述，色彩也是平面的，没有立体感。

这种再现方式，虽然保罗·塞尚已经提供了线索，但毕加索把它推向了极致。毕加索曾说过："绘画对我来说是破坏的综合"。真正称得上破坏的综合的《亚威农少女》，是以原始的方式挑战文明、破坏绘画传统的作品。

从这幅画开始，美术这门艺术走上了全新的道路。画家们拥有了可以毫无顾忌地表达自己想法的特权。对于美术来说，比起画什么，如何画变得更重要。最重要的是，"新鲜"具有了最大的价值。这种革命使现代美术变得难以理解和粗暴。

《亚威农少女》完成后，就连平时爱护毕加索、支持毕加索的朋友看到这幅画后，都感到震惊，并表达了失望之情。毕加索对此感到沮丧，于是将这幅大作长期放置在自己的工作室。这幅画正式面世是在1938年。看到这幅画后，少数进步的画家们开始准备新的革新。

📚 20世纪现代主义美术的起点——立体主义

虽然有人认为《亚威农少女》是立体主义的开始，但确切地说，立体主义开始的标志是乔治·布拉克1908年的作品《莱斯塔克的家》。《亚威农少女》和《莱斯塔克的家》都以自己的方式，更进一步发展了保罗·塞尚开辟的新绘画手法。在这一点上，它们可以找到共同点。

同样憧憬保罗·塞尚的作品风格的毕加索和布拉克，对彼此的作品都表现出了好感，并开始合作。在毕加索的一生，他罕见地为了共同研究和发展一种手法，与布拉克建立了伙伴关系。他们的新手法就是"立体主义"。

理解了立体主义，就等于理解了现代美术的一半。立体主义在现代美术中所占的比重非常大。用一句话来概括的话，可以说立体主义扩大了美术的语言。即，立体主义从根本上改变了绘画的对象——现实，和再现它的幻影之间的关系。

　　把现实再现出来的画是幻影。因为画布是平面的，上面再现的对象不是真实的，而是虚假的。画家们在这个平面上画的幻影，就是要努力使假的看起来尽可能真实。为了增加立体感，利用明暗对比。即受光部分画得明亮，不受光部分画得暗淡。于是平面上的画令人惊讶地有了立体感。然后使用远近法增加画的空间深度。近景画得大，远景画得小。人的眼睛只具有一个视点，所以所有事物都按照一个视点来描绘。如果从正面看脸部，我们就会画正面，不会画侧面或背面。因为我们的眼睛无法同时从多个角度观察事物。

这个原则是文艺复兴之后一直坚守的绘画规则和秩序。如果不能很好地运用这种自然的明暗处理和远近法，就会被认为不具备画家的才能。

　　立体主义全然打破了这种传统的绘画方式。立体主义画家认为，我们用眼睛看到的其实也不是真实的，而是被一个视点歪曲的形象。远处的山看起来比近处的人小，但真正的山并不比人小。比如，先把物体靠近眼睛看，然后左眼闭上再看一遍，右眼闭上再看一遍，就能立刻知道它的样子不同。

　　立体主义不是在人类视角的限制下再现绘画对象，而是努力再现对象本身具有的物理属性和本质。世界上任何事物都不是静止的，而是在运动和变化着。想把这种属性也画出来，就出现了把对象拆解之后重新组合的表现方式。

　　毕加索1910年绘制的《安布鲁瓦兹·沃拉尔肖像》中的人物像拼图一样出现碎片并解体，但我们很快就能知道那是某个人的脸和身体。那幅画是用与当时任何其他人物画都不同的方式画成的。立体主义画家们甚至将实物搬到了帆布上。

由此诞生了像"可乐酒""帕皮耶科莱"一样的技法。

立体主义在绘画主题上也有创新。传统绘画就像今天的新闻报道一样，只以在人们看来非常重要且有价值的对象为主题，例如圣经里的故事、著名政治家、作家和亲近的人、美丽的自然等。但是立体主义画家们把日常生活中得不到关注的微不足道的东西都搬到了画上，例如咖啡馆的便宜餐桌和椅子、水瓶、玻璃杯、烟灰缸、烟斗、吃剩下的苹果等，这些主题的选择看起来非常现代。随着绘画素材的特权层（圣经故事、历史事件、英雄人物、迷人的风景等）消失，实现了素材的民主化。

著名美术评论家约翰·伯格这样说道："现在美术家已不再按照自己的职业礼仪所要求的，而是按照他的愿景所要求的，拥有了使用任何手段的权利。"简单说来，画家现在已经没有必要按照世界认为值得画的标准去画了。个人的主观经验和想法变得更为重要。

第一次世界大战爆发后，以布拉克为首的毕

加索的好友被征召上了战场，与此同时立体主义也落下帷幕。此后，毕加索不再坚持实验和发展某种手法，而是根据当时的兴趣，在众多的手法中来回穿梭，留下了多样且数量庞大的作品。

毕加索对雕刻也很感兴趣，并留下了很多作品，晚年还致力于陶瓷艺术研究。另外，他和很多女性结下情谊，并将从她们那里得到的灵感也转移到了绘画上。毕加索是一位出了名的，对爱情和艺术创造拥有同样热情的画家。

毕加索的财产超过了20世纪任何一位美术家。他在艺术、荣誉、财产、爱情、健康、寿命等方面都取得了压倒性的成功。 1973年4月8日，毕加索以92岁高龄结束了华丽的一生。

毕加索留给现代美术的遗产和值得学习之处

毕加索一生留下了大量的作品，尝试、实践了无数的形式。但是他在现代美术上留下的最伟大的业绩就是通过《亚威农少女》这幅作品和立体主义手法开启了抽象的艺术道路。毕加索这个名字成为现代美术的代名词，毕加索能获得那么大的声誉和财富，也是因为毕加索创立了"抽象"这一新颖而有趣的绘画风格。

如果在《现代汉语词典》中查找"抽象"一词，就会得到这样的解释："从许多事物中，舍弃个别的、非本质的属性，抽出共同的、本质的属性，叫抽象"。简单地说，就是我们要不断了解世界，并以那样的了解为基础，来作出判断和决定。在学习、交朋友、买东西的时候，我们都会经过一个抽象的过程。

以向爸爸妈妈介绍好朋友为例。你跟那个朋友相处了很长时间，所以对那个朋友很了解，但是不能把所知道的都说出来，而要用几句话概括地表达出来。"他虽然个子不高，但是个很会体谅别人的好孩子。" 这就是抽象。抽象并不困难，是我们每时每刻都在思考的一个过程。

抽象画也是如此。世界上所有的对象都带着满满的信息。就拿人的脸来说，仔细端详就会发现模样各式各样，如果再考虑到外表看不出来的骨骼构造、皱纹、肤色等，想像拍照一样详细、真实地画下来是不可能的，只能简略地画一下。

在"抽象"二字中，"抽"意为"选取"，"象"意为"样子，模样，形象"。"从模样中选取"就是抽象。那么应该选取什么呢？大家在介绍朋友的时候，会挑出他最真实、最有特点的样子，简单明了地说出来。同样，在绘画的抽象中，也只选取那些对象最本质、不可或缺的几个方面来画。

在西方绘画中，直到20世纪初期为止，一直延续着准确、精密地描写对象的方式。打破这种传统，突然展示像《亚威农少女》一样省略了对象细节的画，是一件需要巨大勇气的事。更何况在省略的图画中只记录事物的精髓，也绝不是件容易的事情。

有很多人说毕加索的作品像小孩子的画，而误以为他是随便画的。虽然毕加索看起来似乎没有仔细观察对象，只是粗略地画，但实际上他是准确地观察了事物以后而画的。因为毕加索在幼

年时期就完全掌握了正确描写对象的传统绘画技法，所以才有可能做到抽象的。

毕加索画的大部分主题都是我们周围的人、动物、静物、风景等。毕加索一生都从这些事物中受到启发，培养了观察这些事物精髓的洞察力。因为，不以现实为基础的抽象，没有爱心的抽象是无法感动人的。因此毕加索的作品与那些从一开始就模仿抽象画的作品在层次上有根本的不同。

事实上，被华丽的名声所掩盖，没有多少人去关注毕加索的刻苦训练和努力。普通人只能持续几年的激情，毕加索持续倾注在他80年的画家人生里。

毕加索留下的作品多达5万件，普通人可能一生都欣赏不完。他即使一天完成一件，也需要137年的时间。毕加索就是美术本身。82岁时，毕加索说过这样的话：

"画比我有力量。画使我做自己想要的东西。"

有些人说毕加索是疯子。毕加索使出浑身解

数，把画画到了那个程度。毕加索笔下涌出的创造性就是这种努力的回报。事实上，毕加索不仅在绘画创作上，在绘画鉴赏和评价方面也带来了革新。

今天我们有幸能欣赏到无数种表现手法的绘画作品。但直到20世纪初，绘画手法都没有出现百家争鸣的局面，如果说是毕加索使这一切成为可能，也许有些夸张，但毕加索为绘画世界营造了开放的风气，他确实是为数不多的重要艺术家。

逆商培养童话
毕加索叔叔的水果店

姜胜任 李乙教育研究所所长

这本书对人性发展有什么样的帮助呢？

如果说研究如何做人的方法的学问被称为人文学的话，那人文学对正初步形成人性的小朋友们来说，就是一门非常重要的学问。因为人文学的根本就是培养理解别人、体谅别人的品行，也就是"正确的品行"。

认真地回答后面这些构建人性基础的问题，大家就可以获得判断和解决生活中遇到的许多实际问题的能力。不仅如此，还可以练习写作批判性的文章，学会正确表达自己的想法。

Ⅰ. 培养基本人性，理解故事内容

《逆商培养童话·毕加索叔叔的水果店》中，每一章都用小标题写出了毕加索想传达给各位小朋友的思想。回想一下童话的内容和各章的教诲，回答下面的问题。通过回答问题，孩子会慢慢养成良好的品行。

1. 请写一写美卢的家庭环境是怎样的。

2. 毕加索叔叔说自己成功的秘诀是什么？

3. 请说说毕加索叔叔的作品《亚威农少女》的相关轶事和特点。

4. 毕加索叔叔为什么对美卢说起《海边玩球的人》？

5. 请写下毕加索叔叔告诉美卢的寻找梦想的方法。

6. 毕加索叔叔说怎样才能和别人成为好朋友？

7. 毕加索叔叔所说的"培养心态"是什么意思？

Ⅱ. 巩固品行，理解和批判

以童话内容为基础，拓展思考范围。和朋友们一起讨论下面的问题，你会发现每个人都有不同的立场和解决方案。此外，结合自己的经验写一写阅读童话的感受，练习更好地表达自己的方法。

1. 奶奶和爸爸偏爱多卢是因为多卢的性格更好吗？ 还是因为奶奶和爸爸的差别对待？ 说说你的想法和理由。

2. 美卢爸爸因为不能原谅美卢妈妈丢下年幼的美卢离家出走的做法，而和美卢妈妈离了婚。请和朋友讨论一下你们怎么看待这个决定的。

3. 有人不接受有助于自己发展的其他想法和建议，始终固守自己的方式。对于这样的人，你是支持还是反对？ 说说理由。

4. 对于自己所处的环境或周围发生的事情，你是给予积极评价还是消极评价？ 以"我的心理习惯"为题，举出具体的例子。

毕加索
绘画学习班

III. 研究毕加索

读完童话故事，你有没有好奇毕加索叔叔是一个怎样的人呢？现在让我们仔细阅读附录中介绍的毕加索的生活和思想。回答下面的问题。

1. 请举出一个事例来介绍毕加索在绘画方面与众不同的才华。

2. 毕加索去巴黎见到了许多人，并丰富了阅历。巴黎的生活对毕加索有什么样的影响？

3. 立体主义是一种非常创新的美术手法，具体体现在哪些方面？

4. 即使不学美术，你认为毕加索有值得学习的地方吗？举例说一说。

5. 如果你见到毕加索，想和他聊些什么呢？ 想象一下与毕加索见面后，对他进行一次自由采访吧。试着以毕加索的身份来回答问题，再试着提出新的问题并做出回答。

[提问]　很多孩子看到您的画会说"没画好"。对此您怎么看？

毕加索：＿＿＿＿＿＿＿＿＿＿＿＿＿＿＿＿＿＿＿

＿＿＿＿＿＿＿＿＿＿＿＿＿＿＿＿＿＿＿

[提问]　我知道您赚了很多钱。您是不是为了赚钱而画画的呢？　您为什么画了那么多画？

毕加索：_____

_____

[提问]　对于想成为画家的孩子们，请告诉他们成为画家的秘诀和应当成为什么样的画家。

毕加索：_____

_____

[提问]

_____

_____

毕加索：_____

_____

Ⅰ. 培养基本人性，理解故事内容

1. 美卢是离异家庭的孩子。目前，她和爸爸、奶奶、两个姐姐生活在一起。物质上并不富裕，但也不贫穷。偶尔和妈妈见面。

2. 从那些比自己成名早的朋友们的画中发现优点，完全理解，然后用自己独有的方式表现出来。

3. 毕加索倾尽全力完成了《亚威农少女》，却受到了评论家和朋友们的恶评。但是毕加索认定自己的绘画有价值，毫不动摇地进行创作活动，最终《亚威农少女》成为美术史上的光辉杰作。

4. 《在海边玩球的人》是一幅不使用"海边"或"玩球"等常见的形象，而是用其他思路和方法表现的图画。毕加索叔叔谈到这幅作品的原因，是希望美卢不要犯偏执、远离真相的错误。他想提醒她，不要草率地断定家人的话和行为，要多方思考、了解内情才不会误会。

5. 梦想要自己去寻找，可以从自己喜欢的事情、自己想做的事情、自己能做的事情、自己最感兴趣的事情等方面去发现。

6. 他说应当互相发现、互相了解、表达出来，才能成为好朋友。这句话的意思是，在朋友关系中，要揣摩对方的心情、积极回应（表达）、建立关系。

7. 培养心态意味着练习把看待世界的观点和态度转变为积极的。这样，就能养成任何事都往好的方向看的习惯。

II. 巩固品行，理解和批判

1. 在童话中，毕加索叔叔说多卢因为温柔、会撒娇的性格而深受家人喜爱。这显然是有道理的想法。因为人们通常更喜欢开朗、亲切、感情丰富的人。哪怕是孙子或是子女，如果性格冷漠、神经质，都不太会招人喜爱。

相反，也有可能是奶奶和爸爸的态度有问题。因为奶奶和爸爸不仅心里喜欢多卢，还用行动表现出来，伤害了美卢。这可以看作是明显的差别对待。每个人都有自己的个性，不认可这一点，对于自己中意的性格就给予更好的待遇，这是不公平的。特别是，如果家人做出这样的行为，其伤害会更严重。作为大人，应该更加注意行为和态度。

2. 从毕加索叔叔的角度来看，美卢的爸爸错误很大。因为他只看到妈妈离家出走的举动，就断定她对孩子没有责任感。不仅没有试图了解美卢妈妈的内心感受，也没有反省她之所以做出这种行为的原因之一就是他自己。而且，也没有太多考虑离婚后孩子们受到的伤害。可以说他的决定是草率的、以自我为中心的。

另一方面，妈妈也有错。不管怎么说，即使得了忧郁症，扔下孩子不管也是很大的错误。在情况恶化之前，应该努力向周围人寻求帮助。

3.（例文）

反对：固执己见将很难有发展。而且，将会因为无法和其他人沟通，而变得孤独。只有以开放的姿态接受不同的想法，进行交

流，取长补短，才能进一步发展。固执己见或许是为了守护自尊心，但是如果过了头，只会自己吃亏。

支持：即使有点辛苦，但只要坚持自己的方式，终将得到认可。以前在电视上出现过用旧方式制作韩纸的爷爷的故事。那位老爷爷是唯一一位按照几千年前的方式制作韩纸的人。多亏了这位爷爷，我们的传统韩纸制作方法才得以延续。如果放弃过去的方式，一味追求新的东西，我们珍贵的传统文化将无法延续。

4. 先直截了当地写"我的心理习惯"是什么样的，然后写几段体现这种习惯的插曲。还要写以后想怎么改变心理习惯、在哪些方面希望补充完全（以消极的心理习惯为例：成绩下降的话，总想着老师会不会认为我很差劲；以积极的心理习惯为例：和好朋友分开了，认为这是为了遇见更好的朋友）。

III. 研究毕加索

1. 进入美术学校一年后完美地学会了学院派的绘画；13岁时出版了绘画和文章相结合的日记《科鲁尼亚》；爸爸看到毕加索画的画，被他的技艺惊呆，于是从此不再作画，等等。

2. 当时巴黎是一个非常进步的城市。特别是美术方面诞生了印象主义等新思潮，文化人活跃的讨论和交流使城市充满了活力。毕加索从巴黎自由进取的氛围和开拓新美术手法的画家那里获得了许多灵感。毕加索接受了他们的创造性和突破性手法，丰富了自己的绘画手法。

3. 立体主义在两个方面是创新的。首先，它打破了西方美术长期以来的远近法和明暗对比法，试图表现对象所具有的物理属性和本质。为了呈现对象的整体面貌，移动视角去表现多样的面貌和动态。而且在主题和素材方面也拓宽了很多。在此之前，主要画的是被社会认为有文化价值的东西。立体主义画家们把平凡的、微不足道的、日常的东西画在作品中。

4. 毕加索是个勇于打破偏见和固有观念，总是追求新意的个性开放的人。他不满足于现状，勇于挑战和创造，对自己的工作和生活充满热情的态度是值得任何人学习的。

5. 将附录再读一遍，推想毕加索的性格和为人，写出毕加索可能做出的回答。

.